ZWEI TAGE IM JUNI

AF286030

Bibliographische Information der Deutschen Bibliothek:
Die Deutsche Bibliothek verzeichnet diese Publikation in der
Deutschen Nationalbibliographie; detaillierte bibliographi-
sche Daten sind im Internet über http://dnb.ddb.de abrufbar.

© Cassian von Neman 2007
cassianvonneman@aol.com

Herstellung und Verlag:
Books on Demand GmbH, Norderstedt

Printed in Germany. (2) ISBN 978-3-8334-9690-5

Cassian von Neman

Zwei Tage im Juni

Novelle

Books on Demand

I.

*+anno domnicæ incarn m **xxxix** conradus ii imperator ii non iunii obiit+*, so habe ich neulich im Dom zu Speyer gelesen. Fünfzehn Tage, nochmals so viele Jahre, so viele Jahre wie vom Vertrag von Verdun bis zum Westfälischen Frieden, und so viele Jahre wie vom Untergang des Merowinger-Reiches bis zum Nibelungentod seiner Nachfahren, trennten den damaligen Tag von jenem, an dem die folgenden Ereignisse begannen. Ein sonniger und heißer Junitag machte die große Stadt im Norden Deutschlands zum glühenden Hexenkessel. Helles Licht strahlte vom wolkenlosen blauen Himmel auf das ungeschützte Pflaster. Kein kühlender Luftzug strömte durch Gründerzeit-Straßen und Parkanlagen des preußischen Paris, und die alten Gleisanlagen von Metropolis lagen stumm in der Sonnenglut. Wie Meterologen später

anhand alter Baumrinden berechnen sollten, war dies der heißeste Sommer seit tausend Jahren. In der Hitze dieses Freitages fiel es noch schwerer als sonst, sich auf die Arbeit zu konzentrieren, und die Gedanken oszillierten zwischen Trägheit und Fiebertraum.

Im Westen der Stadt, wo die teureren Wohnquartiere lagen, ging eine anstrengende Woche zuende in dem Labor des Universitätskrankenhauses, in dem ich als Medizinstudent für meine Doktorarbeit forschte. Einer langen Ahnenkette von Feld- und universitären Ärzten folgend, hatte ich selber angefangen, Medizin zu studieren. Da mich die wissenschaftliche Laufbahn interessierte, bewegte ich mich seit einiger Zeit verstärkt im Biotop der Universitätskliniken und biochemischen Labore. Ich hatte an diesem Tag eine Vielzahl von Experimenten durchgeführt, in einem silbergrauen Laborgebäude, auf engstem Raum neben einem Dutzend weiterer Doktoranden, die ebenfalls ihre eigenen Projekte voranzutreiben versuchten. Der Außenstehende stellt sich die Arbeit in einem Forschungslabor gerne als ein beschauliches Treiben zwischen Gewebeproben und Reagenzgläsern vor, eher eine Art Schutzraum für Introvertierte. Tatsächlich ist es ein Unternehmen, das die emotionale und soziale Kompetenz in gleich zweierlei Weise aufreibt: zum einen ist es eine niemals endende, über Wochen ausgebreitete Achterbahnfahrt aus an künftigem Ruhm alles versprechenden und dann wieder enttäuschenden Versuchen; zum anderen ist es das Navigieren durch ein Haifischbecken von Einzelkämpfern, wo zwar Koalitionen und Kooperationen geknüpft werden, in dem aber letztlich jedem das Hemd näher ist als der Rock.

Es war etwa fünf Uhr nachmittags. Für heute hatte ich genug. Ich ließ das Labor hinter mir, und ging hinaus auf die Straße, die mich mit heißem Sonnenlicht unter den Hellgrün tragenden Bäumen begrüßte. Noch unschlüssig, wohin mich der Abend treiben würde, schlug ich den kurzen Weg zur Wohnung meiner Eltern ein, um zu fragen, ob ich mir das Auto meiner Mutter ausleihen dürfe. Die Häuserblocks glitten an mir vorbei. Schließlich betrat ich die Eingangshalle des Etagenhauses, ging vorbei an den sich opponierenden Spiegeln, die dem Betrachter Unendlichkeit vortäuschten. Das Auto durfte ich mir ausleihen - Sonntag abend mußte es wieder zurück sein. Mit dem Wagenschlüssel in der Hand verließ ich die Wohnung.

Ich trat aus dem dunklen Wald heraus, und der Abend öffnete sich mir wie eine bunte Wiese. Die Interaktion mit den Laborkollegen, die zähflüssigen Experimente - all das bewegte sich in weite Ferne. Was mochte ich nun tun? Die in den Tagen zuvor strapazierten Großhirn-Hemisphären verloren an Dominanz über die vielfältigen Antriebe, die den Willen ausmachen. Ein Einfall, der sich schon auf dem Wege zu meinen Eltern geformt hatte, gefallen wie eine überreife Frucht in endlose Tage vergeblicher Philosophie, drängte nun auf Umsetzung in die Tat. Jetzt, da mir ein kurzer Urlaub geschenkt war, sagte mir der Gedanke, sei nun ein günstiger Moment, den Augenblick auszunutzen, bevor der Sarkophag des Labors sich wieder über mir schlösse. *Des Denkens Faden ist zerrissen, mir ekelt lange vor allem Wissen.* Nicht wollte ich gleich einen Pakt mit Mephistopheles eingehen, um vom Makrokosmos in die Lebensfluten hinabzusteigen - doch seit Wochen geisterte die regelmäßig wiederkehrende Anzeige in der entsprechenden Rubrik einer Tageszeitung durch meinen Sinn, und auch ohne daß ich in eine Wette hatte einschlagen müssen, flüsterte Mephisto mir dieses Fräulein wohlfeil ins Ohr: „Lisa, 19 J., blond, schön, g. Po, ...".

- - - Das also ist *des Pudels Kern*? Doch warum will nun ein Student, der doch auch über andere Kontaktmöglichkeiten verfügen sollte, zu einer Prostituierten gehen?

Um einem Mißverständnis vorzubeugen, möchte ich zunächst sagen, daß ich mich über mangelnde Wirkung auf Mädchen grundsätzlich nicht beklagen mußte: ich bin groß und schlank, treibe viel Sport, habe dunkle Haare, ein hübsches Gesicht; ein dunkler Typus, aber mit Sommersprossen; die Haare trage ich kurz und über der Stirn etwas länger, ich habe gute Umgangsformen und die meisten Menschen finden mich sympathisch. Vielleicht bin ich ein Träumer: Den *tractatus logico-philosophicus* hatte ich ebenso bewundert wie den *Parzival* Wolfram von Eschenbachs.

Wenn das nicht der Grund war, was war es dann? Die Antwort ist vielleicht, daß es auch heutzutage keineswegs so einfach ist, auf die Schnelle ein dann auch noch attraktives Mädchen ins Bett zu bekommen – sofern man das denn will und in dieser Form für erstrebenswert hält (es gehört eine gewisse Radikalität dazu, seine Ziele so klar zu definieren). In den allerwenigsten Fällen folgt außerdem anschließend *kein* anstrengendes Nachspiel. Die horizontalen Mädels sind dagegen meistens jung und hübsch, und für sie ist es nichts besonderes. Ich bemühte mich allerdings auch meinerseits, besonders nett zu sein.

Eine nachvollziehbare Obsession? Von dem Mut zu einer moralisch unkorrekten Handlung abgesehen, ist es ein ausgesprochen bequemer Weg, die Neugier und den Drang nach schnellen, unmittelbaren Ereignissen auszuleben. Was geboten wird, ist zwar eher mechanisch. Trotzdem, es ist eine Begegnung zweier Individuen, und das Spektrum des Erlebens ist von der Wahrhaftigkeit eines Roulette-Spiels, von unfaßbar abgründig bis aber auch unglaublich gut: tatsächlich kann es sogar ziemlichen Spaß machen.

Doch daß ich nicht falsch verstanden werde, ich möchte betonen, daß ich so etwas nur ein paar Mal gemacht habe. Nach mehreren Malen bezahlt man die künstliche Lebensbeschleunigung, den Rausch der Neurotransmitter, mit einer inneren Leere, einem Gefühl einsamer Kälte. Darum hatte ich, mit Konsolidierung meiner Lebensbahnen, eigentlich schon seit einiger Zeit von derartigen Zerstreuungen Abstand genommen. Momentan hatte ich, als *mit heißem Bemühn* arbeitender Student, allerdings auch keine Freundin, und hier bahnte sich so etwas wie ein Neuanfang (oder Rückfall?) an. - - -

Das Ansageband hinter der angegebenen Nummer war mir nicht mehr so recht in Erinnerung, ich wußte nur noch, daß es eine bildhübsche Neunzehnjährige mit kurzen blonden Haaren und einer sportlich-schlanken Figur versprach, in der H.-Straße Nr. 1 im ersten Stock, bis 23 Uhr, klingeln bitte bei „Sommer". Mit dem Gefährt ausgestattet, den anderen Stadtteil binnen einer Viertelstunde erreichen zu können, fuhr ich los in den Feierabendverkehr. Eine Mixtur aus langer Weile, neugieriger Spannung, triebhafter Witterung und Schuldgefühl durchströmte mich. Doch warum nun kneifen, sagte ich mir – ist das Leben nicht zu kurz, um das, was einen reizt (und diese Anzeige reizte mich schon lange genug), nicht schließlich auch zu wagen? – Mit einem etwas flauen Gefühl im Magen erreichte ich das Viertel. Eine mittlere, nicht unbeliebte Wohngegend, um die Jahrhundertwende mit großen Mietshäusern erschlossen, damals als Arbeiterviertel. Die Straßen waren eng und mit Autos und Bäumen zugestellt, es gab eine Vielzahl von kleinen Geschäften. Hier und da waren Bombenlücken durch typische Nachkriegsbauten geschlossen worden. Im Vorbeifahren erkannte ich die gesuchte Adresse. Ich parkte den Wagen in einer nahen Häuserlücke, und ging auf den leicht heruntergekommenen, fünfstöckigen Altbau zu. Beobachtet mich jetzt jemand, dachte ich, und erkennt möglicherweise mein Tun? An der Haustür angekommen, sah ich mit mittlerweile beschleunigtem Herzschlag auf die Klingelleiste. Doch ein „Sommer", wie ich es in vager Erinnerung hatte, fand ich nicht. Bin ich hier etwa falsch, fragte ich mich, oder gibt es sie hier nicht mehr?

Aber jetzt einfach umzukehren, dafür ist die Spannung zu groß. Ich sehe ein Schild mit „Winter" und klingle dort einmal: da wird der Apfel nicht weit vom Stamm fallen! Die Tür summt. Jetzt gibt es kein Zurück mehr. Ich stoße die Tür auf und trete ein in den dunklen Hauseingang. Im Treppenhaus ist es wieder hell, und es sieht hier so alt und verkommen aus, wie der ganze Gründerzeit-Bau von außen vermuten ließ. Provisorisch aussehende Namensschilder sind an die Wohnungstüren geklebt. Wo muß ich hin? Ich gehe über einen grauen, lärmdämpfenden Teppich die knarrende Treppe hinauf in den ersten Stock. Es riecht schon bordellmäßig nach süßlichem Parfüm. Im ersten Stock entdecke ich die Klingel „Winter" wieder. Das Blut pulsiert durch mein Gehirn - und ich drücke den Klingelknopf. Man hört jemanden kommen, erkennt, daß jemand durch den Türspion guckt.

* * *

Als die Tür aufging, war ich überrascht von dem ausgesprochen hübschen, sehr jungen, und gar nicht typisch nuttig wirkenden Mädchen, das mit der Klinke in der Hand hinter der Tür stand. Sie war vielleicht 1.72 groß, sehr schlank, sah schwerlich älter als 17 oder 18 Jahre aus, hatte ihre nackenlagen hellblond glänzenden Haare seitlich glatt gescheitelt, mit Haarklammern nach hinten und hinter den Ohren gesteckt, trug kleine goldene Ohrringe, ein hellblaues, enges und bauchnabelfreies T-Shirt, einen silbrig glänzenden Minirock, und stand mit ihren langen schlanken Beinen auf Sandalen mit hohen Absätzen. Aus ihrem bildhübschen Kindergesicht mit spitzer Stupsnase guckten zwei niedliche blaue Augen durch mich hindurch, und ihre Mundwinkel schmollten ein wenig.

Ich sagte ein erstauntes Hallo, was sie eher mißmutig und kaum hörbar erwiderte.

Diese kühle Reaktion traf mich ein wenig, da sich Mädchen, ob vom horizontalen Gewerbe, oder auch nicht, in der Regel über nach deren Angaben attraktiven Besuch freuen. Sie lenkte mich, mit ungnädiger Miene, über den Flur in ein Zimmer, in das durch ein großes, buntes Tuch vor dem Fenster das immer noch heiße Abend-Sonnenlicht hereinschien. Das übliche große Bett füllte den Raum aus, in der Ecke stand ein Fernseher, einige Bilder hingen an den Wänden, und ein Korbsessel war, neben einem Nachttisch, das einzige weitere Möbel. Auf dem Bett hatte sich ein großer Teddybär breitgemacht. Über dem Raum hing eine Wolke süßen Parfüms.

„Setz dich!" kommandierte sie launisch. Ihre mädchenhafte Stimme klang etwas unausgeschlafen, und hatte einen fremdländischen Akzent. Ich setzte mich also in den Sessel. Sie kniete sich vor mir mit einem Bein auf das Bett und stemmte die Hände in die Hüften.

„Was willst du?"

Mit allem mir zur Verfügung stehen-
den Charme antwortete ich, halb verlegen,
halb belustigt: „Na ja, also erst Französisch, und dann Verkehr, also das Übliche...".

„Französisch mit Gummi?"

Ich: „Öh, ja?"

Sie ließ ihren Blick von mir, und
dachte eine Viertelsekunde nach: „Das ko-
stet hundert Mark".

Ich kramte mein Portemonnaie hervor, und gab ihr zwei Fünfziger, die sie
schnippisch einsteckte. Sie schritt zur
Tür, wobei dem aufmerksamen Beobachter
nicht entgehen konnte, wie elegant sie
dabei mit den Hüften wippte. Ich fragte:
soll ich mich schon mal ausziehen? Durch
die Tür guckte sie mich an, und meinte
irgendetwas, was soviel heißen mochte wie
„ja" oder „mach was du willst".

Noch verwundert von der unerwarteten Begegnung, streifte ich mir langsam die Kleider ab, da kam sie schon wieder herein. Mit wenigen Bewegungen legte sie von ihrer langbeinigen 36er-Figur (oben 34, unten 36) das hellblaue T-Shirt, einen hellgrünen BH, die hochhackigen Sandalen, das silbrige Tennis-Röckchen und einen schmalen Slip ab. Mir fiel ihre nahtlos gebräunte Haut auf, die neben ihrem strohblond glänzenden Bubikopf, den nordeuropäischen Gesichtszügen, und den (hier allerdings blanken) blonden Haaren ihrer *regio pubica* Erinnerungen an Ostseeurlaube wachwerden ließ. Ihr schlanker und straffer Körper war bestürzend schön.

„Von wo kommst du?" fragte sie.

Ich mußte etwas grinsen: „Aus Berlin. - Und von woher kommst du? Kommst du aus Schweden?"

„Aus Estland", meinte sie mit Nachdruck.

Sie ging auf mich zu und schloß mich in ihre Arme. Ihre Haut war nicht heiß und auch nicht kalt. Ich legte ebenfalls meine Hände um sie, und konnte ihre schlanken Schultern und den schnurgerade gewachsenen Rücken bewundern, über den sich ihre makellose glatte Haut spannte. Ihr blonder Bubi lag vor meiner Schulter. Sie hatte einen unbeschreiblich süßen Geruch, der meine Sinne bannte, wie ein Kind das durch ein Kaleidoskop schaut. Für mein *limbisches System* sang er das Lied einer durchs Moor streifenden Nymphe, in dem oben die verspielten Töne ihres süßen Parfüms erklangen, in der Mitte der vertrauliche Duft ihrer Haut, ihres Haarsprays, Shampoos und ihre Bodylotion einlullte, und an diesem hitzigen Tag von Lockrufen unterlegt, denen kein männliches Wesen des Tierreiches hätte widerstehen können. Auf dem Bett hatte sie flink einen Pariser aus der mit den Zähnen aufgerissenen Verpackung zur Hand.

Ohne große Umschweife legte sie mit einer energischen *felatio* los, ungeniert und bewegungssicher wie das Kindermädchen, das zum hundertsten Male das Baby badet. Ihre schlechte Laune war ihr allerdings anzumerken, und ich war froh über das Gummi, durch das der Rand ihrer Zähnchen immer mal wieder zu spüren war, weil sie sich nicht richtig konzentrierte.

- - - Ihre Brüste liegen hübsch über dem schmalen Oberkörper. Unsere Blicke treffen sich mehrmals flüchtig. Diesen Blickwechsel halte ich aber nicht aus, deswegen lehne ich mich auf Ellbogen über sie. Ein irritierendes Gefühl, so nah über dieser schlanken Nixe zu liegen. Darf ich sie küssen? Doch ich streife nur mit meinen Lippen seitlich über ihren langen Hals. Ihr *introitus vaginae* wird immer enger. Die *corona* öffnet die geschwollenen, kindlich-rosanen *labia maiora* und wagt sich weit vor in der Nymphe Schoß.

Sie stöhnt leise, und hält sich ein wenig an mir fest. Hier mag sich Profession mit Wirklichkeit vermengen. Was für eine Wahnsinns-Nummer mit diesem blutjungen Ding. So eine habe ich ja noch nie erlebt. Von der Decke hört man ein lautes Bollern: wird hier etwa im ganzen Haus gevögelt? Nein, oben staubsaugt jemand - ein eigenartiges Zusammenspiel. - Einige Augenblicke später. Meine Augen blicken auf sie, und sehen voller Erstaunen die Schönheit des Mädchens, deren formvollendetes rundes Becken da vor mir wippt, sich über die tiefe Lendenlordose der sanduhrengen Taille in einen schmalen Rücken verlängert, an dem man sehen kann, wie sich die Rippen um den Brustkorb ziehen, und der schließlich in ihren zerzausten Nackenhaaren endet. Ihr Gesicht vergräbt sie mal im Kopfkissen, mal legt sie es auf die Seite. Die Augen hält sie fast geschlossen. Ich streiche ihr mit zwei Fingern gedankenverloren durch die Grube zwischen ihren Schulterblättern, was ihr zu gefallen scheint. Irgendetwas macht mich müde. Ich lege mich auf den Rücken, und sie klettert mit ihrem runden *mons pubis* über mich. Sie faßt mit einer Hand auf meinen Brustkorb, und fängt mit einem Schaukelpferd-Gehopse an, das mir dann allerdings etwas zu wild wird. Ich signalisiere ihr, lieber etwas anderes zum machen. Sie hockt sich neben mich und macht da weiter, wo wir vorhin aufgehört haben. Das Präservativ erneuert sie dazu nicht, was ich ein wenig nachlässig finde.

Aber etwas an meiner Stimmung hat sich verändert, und ich merke, daß sich ein gewisses Plateau nicht einstellen will. Ich deute an, ob sie nicht nur so mit der Hand weitermachen könne. „Einfach nur w...?" fragt sie ungläubig. Sie zieht das Gummi ab, wirft es achtlos (ganz im Gegensatz zu ihren eleganten Bewegungen) neben das Bett, und macht sich an die Arbeit. In der Vorstellung, daß dies einen animierenden Effekt hätte, betrachte ich ihren nackten Körper. Sie hockt wie ein artige Badenixe, auf Fersen sitzend, neben mir. Die Phantasie eines Pin-up- oder Comic-Zeichners, zwischen Playmate und Schulbank, scheint vor meinen Augen Realität geworden zu sein. Schnurgerade hochgewachsen und sehr schlank, die schmalen Schultern ganz gerade und die Lendenwirbel wie zur Positionierung des Darunterfolgenden nach vorne gewölbt. Der Oberkörper kurz, die Beine lang: dem Oberkörper möchte ich ein Drittel zusprechen, Hals und Beinen den langen Rest. Unter ihren leicht gewellten nackenlangen Haaren mit angedeutetem goldenem Seitenscheitel lugt vom Profil ihres Babygesichtes immer mal wieder ihr spitzes Stupsnäschen hervor. Ihr niedlicher Kopf steht über schmalem Hals auf einem zarten Brustkorb. Durch ihre augenblicklich beschäftigten schmalen Arme hindurch sehe ich ihre festen, nicht so erhabenen Brüste, von denen dafür große Brustwarzen spitz abstehen. An ihrem einen Handgelenk trägt sie eine etwas klunkerhafte Damenuhr, an dem anderen ein dünnes Kettchen, das besser zu ihr paßt. Die schmale Taille erweitert sich neben mir zu einem wie idealtypisch designten Becken, dessen überzeugende *coniugata vera obstetrica* das geburtshilflich vorgebildete Denken erahnt, und über die Spitzen der *tubera ischiadica* spannt sich in der Tat ein Hintern, den auch ein *Phidias* nicht besser hätte formen können, um sich dann über straffe Schenkel und hübsch geschwungene Kurven in den Strahlen ihrer langen, schlanken Beine zu verlieren. Ich taste mit den Fingerspitzen über dieses Wunderwerk der Anatomie, über die makellos glatte Solarium-Haut an seiner Oberfläche, und das Ganze kaum älter als 17 bis 18 Jahre, fast noch ein Kind. - - -

Obwohl sie eifrig ihrem Auftrag nachkam, sah es nicht nach baldigem Ende aus, und mir war nicht wohl dabei zumute zu sehen, wie sie sich abrackerte.

„Laß uns mal einen Augenblick unterbrechen", sagte ich.

Sie setzte sich zurück auf ihre gebeugten Knie, ließ den Oberkörper etwas zur Seite sinken, und ihre Arme hingen lustlos zwischen ihren weit auseinandergewinkelten Beinen. Ich ließ mich ihr gegenüber ebenfalls auf den Schienbeinen nieder. Eine neue Pose ihrer unglaublichen Schönheit. Sie schaute mich müde mit ihren hübschen Augen an, in ihren rosanen Lippen eine Spur vorwurfsvoll.

„Tja", sagte ich nach einer Weile.

„Du mußt lockerer sein", meinte sie, „du bist mit deinen Gedanken irgendwo anders - nicht hier."

„Gar nicht so leicht, einfach lokker zu sein", sinnierte ich ein bißchen gereizt. - „Du hast keine Lust", sagte ich zu ihr. „Darum geht es nicht. Dann macht es mir auch keinen Spaß." –

- Sie guckte mich lange mit ihren traurigen blauen Augen aus zur Seite hängendem Kopf an, ihre blonden Haare lagen glatt um die Ohren, im Nacken etwas strubbelig, und in ihrem Gesicht, still wie eine melancholische Schaufensterpuppe, sah ich ein fernes verträumtes Lächeln, so süß wie schwer von tausendjähriger Einsamkeit.

Dann meinte sie mit einem Blick zur Seite: „Du hast noch Zeit..."

Mein Blick fiel auf einen Wecker, der auf dem Bettpfosten stand. Ich überlegte einen Augenblick, während sie mich ansah.

„Na gut, dann machen wir halt weiter", sagte ich ratlos.

Ihre vorherige schlechte Laune war nun einer ruhigeren gewichen, und ihre Berührungen wurden liebevoller. Meine Nerven spielten verrückt. Ihre blonden Haare strichen über meinen Mund, und ich nahm sie zwischen die Lippen. Zu meiner Überraschung dufteten ihre Haare ebenfalls stark nach ihr: süß, einnebelnd, und irgendwie nach Sex. Ich wußte, daß ich sie nur bezahlt hatte, und daß es für sie in erste Linie Arbeit war, auch wenn ich ihr möglicherweise nicht unsympathisch war. Ich fühlte mich immer angespannter. Weitermachen konnte nur noch eine Qual bedeuten, und deshalb sagte ich: „Laß uns mal lieber aufhören". - - -

„Tut mir leid", meinte ich entschuldigend. Sie machte eine Geste wie „ist nicht schlimm". Sie zog das Kondom ab und huschte vom Bett. Ich war froh, daß sie nicht beleidigt zu sein schien. Sie fragte: „Waschen?", und lenkte mich in ein ziemlich ordentlich aussehendes Bad. - Ich ging wieder zurück, und da kam sie auch gerade herein ins Zimmer, und mußte sich auch noch anziehen.

„Wie lange bist du schon in Berlin", fragte ich sie.

„Sechs Monate."

„Und, gefällt dir Berlin?"

„Ja..." seufzte sie pflichtgemäß, und es klang nicht sehr glaubhaft.

„Mmm", murmelte ich, und fühlte mich schuldig.

Wir waren beide wieder angezogen. Zum ersten Mal nach derartigen Aktionen hatte ich das Gefühl, daß ich eigentlich lieber hier bleiben wollte. Sie öffnete die Tür, und wir standen halb auf dem Flur, da ging auf einmal eine andere Zimmertür auf. Ein etwa 25jähriges Mädchen mit mittellangen braunen Haaren, vollen Rundungen, geschminkt und mit ernsthafter Miene, in weißer Spitzenwäsche und Pumps, kam heraus mit einem großen, gepflegt aussehenden Mann um die vierzig, in heller Sportjacke. Der Blick des Mannes und der meine trafen sich, und beide sahen wir ins Leere. Meine Blonde wirkte leicht verärgert und sagte irgendetwas in einer mir nicht verständlichen Sprache zu dem anderen Mädchen, dann drängte sie mich zurück ins Zimmer. Ich sah noch, wie das andere Mädchen ihren Freier an der Tür verabschiedete.

„Entschuldigung, das sollte nicht sein", sagte meine Hübsche mit verlegenen Augen zu mir, nachdem sie die Zimmertür zugemacht hatte. Der Vorfall war ihr sichtlich unangenehm. „Das macht wirklich überhaupt nichts", meinte ich. Wir warteten einen kurzen Moment, dann lugte sie durch einen Türspalt, und wir gingen erneut auf den Flur. Sie entschuldigte sich nochmals, und ich versicherte wiederum, daß es mir nicht irgend etwas ausmache. Nachdem sie durch den Spion geguckt hatte, öffnete sie die Wohnungstür. Ich sagte „tschüß", und meine Hand streifte ihren Arm. Im Herausgehen sahen wir uns an, ich sagte wiederum tschüß, sie sagte auch „Tschüß!", dann sagte ich es nochmal, und dann war ich draußen. Langsam ging ich die Treppe hinab.

Ich fuhr wieder zurück in meine Wohnung. An meinen Sachen, und besonders an meiner Haut, hing schwer ihr süßer Geruch, der mich halb wahnsinnig werden ließ, ihr nuttiges Parfüm und ihre blutjunge blonde Möse. Zuhause angekommen, schnappte ich mir meine Sportsachen, und fuhr in meinen Fitnessclub, denn etwas Besseres fiel mir nicht ein, um mich zu sammeln. Ich versuchte mich kurz an irgendwelchen Geräten, und ging dann in die finnische Sauna. Ihr Duft umgab mich, und meine Gedanken kreisten nur um sie. Das Treiben um mich herum plätscherte nur entfernt an mich heran. Ich war froh, daß es nicht zu der üblichen Nummer gekommen war, wo ich sozusagen nur etwas von ihr genommen hätte und dann Schluß gewesen wäre, sondern daß ich ihr zeigen konnte, daß wenn sie traurig ist, es mir auch keinen Spaß macht. Beim Duschen nahm ich keine Seife, weil ich ihren Duft nicht abwaschen wollte. Von sportlichen Aktivitäten hatte ich genug, und fuhr alsdann nach Hause.

Schläfrig legte ich mich auf die Couch. Das ganze Theater im Labor war mir vollkommen geichgültig geworden. Unter meinen Fingernägeln war noch immer ihr süßer Duft. Ich wußte, daß ich etwas Einzigartiges erlebt hatte, was so nie wieder kommen würde. Noch mal zu ihr hinfahren? Aber was dann? Ihr Geld in die Hand drükken, und dann seelenloser Sex - danach hatte ich nicht das geringste Verlangen, und das wäre mir vorgekommen wie eine Vergewaltigung. Ich malte mir aus, daß ich mit ihr essen gehen könnte. Aber wo?

Vielleicht ins *Jardin du Luxembourg*, in der U.-Straße. Eines der edleren Restaurants der Stadt, und sicherlich ein romantisches Plätzchen. Das *Jardin du Luxembourg* kannte ich sozusagen aus Kindheitstagen, über den früheren Besitzer des Restaurants, der Maler war und nachmittags manchmal noch Kunstunterricht für Schüler gab. In dem klassizistisch-verwunschenen Garten, der dem Lokal seinen Namen gab, hatten wir uns bildhauerisch an Schaumbeton-Blöcken geübt. Einige wollten einen Torso aus dem Stein schlagen, andere eine Schlange; ich hatte versucht, das Flaggschiff *Lord Nelsons* nachzubilden. - Eine andere Möglichkeit war, sie zum Essen in die Wohnung meiner Eltern einzuladen, in einem großzügigen Haus aus der Jahrhundertwende, mit schweren alten Möbeln und anderen Relikten vergangener Zeit ausgestattet. Ein Ambiente, das seine beeindruckende Wirkung nicht verfehlt hätte. Nur hätten meine

Eltern dann für ein paar Tage verreist sein müssen, und momentan sah es nicht danach aus.

Wir gingen zusammen ins *Jardin du Luxembourg*. Ich trug ein schwarzes, matt glänzendes Sakko, darunter ein dunkles Hemd, eine Vierteltube Gel im Haar. Sie sah am besten genauso aus wie vorhin: Ihr hellblaues T-Shirt in Kindergröße, den silbrigen Minirock, und die Sandalen mit hohen Ansätzen. Der Kellner hätte den Wein in den Aschenbecher gekippt, die anderen Gästen hätten getuschelt, und so mancher im Raum hätte sich geärgert. Bei der kleinsten falschen Bemerkung wäre ich allerdings schnell zum gnadenlosen Beschützer mutiert. Wir hätten uns erst ein wenig unterhalten, über Estland, wie es auf ihrer Schule war, vielleicht noch über mein Studium, und dann hätten wir die ersten Küsse ausgetauscht. Beim zweiten Gang hätte ich meine süße kleine Schwester mit kleinen Häppchen gefüttert. Irgendwann wären wir dann in die Bar rübergezogen. Danach wäre es weitergegangen, zu mir? Ich stellte mich innerlich schon darauf ein, mal wieder gründlich aufräumen zu müssen. Wäre es ihr in meiner Studentenbude nicht ein wenig zu schäbig? Womöglich lag die Motivation zu ihrem Beruf darin, daß sie doch eher auf schmierige Typen mit schnellen Autos und dicken Scheinen in der Tasche stand, und weniger auf strebsame Studenten.

Ich merkte, daß ich hoffnungslos in sie verliebt war. Alle Relais meiner Seele waren angeschaltet worden und schwammen in wonniger Glückseligkeit. Ihr Gesicht und ihre blonden Haare erinnerte mich an ein Photo mit meiner Cousine und mir, auf dem wir, beide sechsjährig, im Garten meiner Großeltern abgelichtet worden waren. Sie erinnerte mich aber auch an eine *Daguerreotypie* meiner ausgesprochen schönen Ur-Ur-Großmutter. Ich überlegte: könnten wir heiraten? Ich hätte zur Zeit allerdings noch nicht das nötige Kleingeld, um ihr etwas zu bieten. Sie müßte einen Beruf ausüben, damit sie sich nicht langweilt, vielleicht als Model, was möglicherweise ihr eigentliches Ziel war? So stellte ich mir die Sache vor. Oder würde sie gerne ein Kind bekommen? Wenn wir heirateten, hätte sie auch sofort eine unbefristete Aufenthaltsgenehmigung, denn momentan ist sie wohl illegal hier - ein nettes Druckmittel für ihre Arbeitgeber. Ich fühlte, daß ich sie vor allem beschützen wollte, und daß ich alles für sie täte, damit sie nicht mehr traurig sein muß. Meine kleine Prinzessin, die ich, der Märchenprinz, vor den Unholden rette.

II.

Sonnabend vormittag. Der Tag verspricht, noch heißer und sonniger zu werden als der gestrige. Heute will ich wieder zu ihr fahren, und sie zum Essen einladen. Ich muß es noch heute tun, denn morgen sind die Zweifel möglicherweise schon größer als der Mut. - Ich fuhr erst in die Stadt, um mir ein neues Hemd zu kaufen, blauschwarz und aus schwerem Stoff. Zum Friseur kam ich heute nicht mehr, eine Portion Haarwachs mußte reichen. Jetzt sah ich schon recht annehmbar aus. Ich fragte mich, gibt es das *Jardin du Luxembourg* überhaupt noch? Zuletzt war ich vor sechs bis sieben Jahren dort. Ich fuhr zur U.-Straße, und tatsächlich, hier war alles beim alten. Es gab sogar eigene Parkplätze, wie gut, denn das würde ein peinliches Suchen ersparen. Ich mußte noch kurz ins Labor, wo ich meinen Doktorvater beim Wegfahren vom Otto-Hahn-Gebäude antraf.

Früher Nachmittag, nun war es soweit. Ich steuerte den Wagen zum Blumenladen des Universitäts-Krankenhauses, wo ich fünf Rosen zum Stückpreis von 3 Mark 50 kaufte. Ich kam mir vor, als stünde gleich meine Verlobung an. Die knallroten waren mir dann doch zu aufdringlich, ich wählte lieber die langen zwiebelartigen blaßrosanen, die besser zu ihr paßten. Mir kam die Bildersprache schon deutlich genug vor. Rosen schenkt man ja nur, wenn man unsterblich verliebt ist. Je mehr man sich auf eine feste Bindung nähert, um so roter werden die Rosen, und um so größer die Zahl. Mit diesem Blumenstrauß präsentierte ich also meine Gefühle auf dem Silbertablett. Aber vor ihr wollte ich den roten Teppich ausrollen, um so vielleicht ihr Herz zu gewinnen. Darin lag eine kleine Sicherheit: Jeder Frau

schmeichelt es, wenn man ihr den Hof
macht. Nun waren die Rosen erstanden, ich
hatte mein Äußeres in Form gebracht,
jetzt mußte ich auch zu ihr fahren. Mit
noch deutlich mehr kribbelnder Enge im
Brustkorb als gestern folgte ich dem Au-
to-Strom über den vertrauten Asphalt.

Im Treppenhaus wickelte ich im Hinaufge-
hen die Blumen aus, knüllte das Papier
zusammen, und legte es in einen Treppen-
winkel. Oben klingelte ich dann noch einmal bei „Winter". - Die Tür ging auf: da
stand sie mit ihrem hübschen Gesicht lächelnd im hellen Licht, und schien sich
auch noch zu freuen, mich zu sehen. Statt
des silbrigen Minirockes hatte sie sich
ein langes, bunt bedrucktes Tuch um die
Hüften geschlagen, das sah elegant und
etwas damenhafter aus. Sie hatte ein de-
zentes Make-up aufgelegt. Ich sagte Hallo, und sie auch. Heute war sie nicht

schlecht gelaunt, sondern wirkte ganz ausgeglichen.

Ich ging zwei Schritte in die Wohnung, und verlegen und aufgeregt wie ein Schüler beim ersten Rendezvous hielt ich ihr im Flur die Rosen hin, und sagte: „Das ist jetzt vielleicht eine etwas seltsame Idee, aber ich wollte dich fragen, ob du Lust hättest, mit mir essen zu gehen?"

Sie schien nicht so überrascht, wie ich es erwartet hatte. Sie guckte mich so an, als ob ihr der Gedanke gefiele. Dann meinte sie aber nachdenklich in ihrem estnischen Akzent: „Oh, ich weiß nicht, ob mein Boss das erlaubt... ich muß ihn fragen. - Jetzt gleich...?" sah sie mich etwas unsicher an.

„Nö, ich dachte, morgen abend, oder Montag abend, oder Dienstag, wann du Zeit hast..."

Statt einer Antwort dirigierte sie mich erst mal in ihr Zimmer.

Ich setzte mich nicht, wir standen uns gegenüber. Den Blumenstrauß hielt ich noch immer bleischwer in den Händen, und streckte ihn ihr nochmals entgegen: „Die sind für dich!" In mir ging es drunter und drüber, und langsam wirkte sie auch ein bißchen überrascht.

Sie nahm die Rosen entgegen, und sprach in einer Weise, die einen inneren Zwiespalt vermuten ließ: „Ich muß meinen Boss fragen, ob er es erlaubt - vielleicht. Heute abend... Komm morgen noch mal vorbei, dann kann ich es dir sagen. - Morgen geht aber auf keinen Fall, nicht am Sonntag", betonte sie.

„Und nächste Woche, abends...?" fragte ich besorgt.

Sie hub zu einem Satz an, kam aber über die erste Halbsilbe nicht hinaus, und vielleicht hätte sie sagen wollen: das geht nicht so einfach, wie du dir das vorstellst. Sie sah die Rosen an, die sie jetzt erst richtig wahrnahm, und lächelte mich an. „Vielen Dank hierfür!", meinte sie charmant, und ging aus dem Zimmer. Sie verschwand vermutlich in die Küche, um die Rosen in eine Blumenvase zu setzen.

So hatte ich mir das nicht vorgestellt, mit dem „Boss". Hatte ich mir die Situation überhaupt näher ausgemalt? Aber jetzt drohte es kompliziert zu werden. Ich begann, an der Richtigkeit meiner Unternehmung zu zweifeln. War meine Phantasie mit mir durchgegangen? Ich guckte mich in ihrem Zimmer um. Ich war jetzt privat hier, nicht als Kunde. Wie gestern sah es aus, aber heller. Ein bißchen leer, das Zimmer. Ihr Parfüm und der Duft ihrer Haut waren heute nicht so stark wie gestern. Sie wirkte auch nicht so verlassen. Ich mußte jetzt zu der Verliebtheit stehen, die mich hier hingeführt hatte.

Sie kam wieder herein. „Vielen Dank für die Blumen", sagte sie noch mal mit einem Lächeln.

Mein Kopf brodelte heiß, vielleicht vom Aufeinanderprallen von Phantasie und Realität. Sicher wirkte ich zu nervös – aber ich konnte es jetzt nicht ändern. „Oder überlege es dir einfach. Du mußt nur dann ja sagen, wenn du es auch wirklich willst", brachte ich aufgeregt und heiser hervor. Ich wollte noch nicht begriffen haben, daß sie nicht so einfach weggehen konnte.

„Ja..." meinte sie in einem Tonfall, in dem mitschwang, daß sie erst ihren Boss fragen mußte, und daß ich die Situation als Absage ihrerseits mißzuverstehen schien. „Komm morgen wieder, dann kann ich es dir sagen", meinte sie mit ernsthafter Stimme.

„Das kommt wohl nicht so häufig vor, daß so etwas passiert", sinnierte ich, und stellte erschrocken fest, daß man das auch anders verstehen konnte. „Oder ganz im Gegenteil, wahrscheinlich sogar ziemlich häufig", schob ich schnell nach. „Kann ich dich hier anrufen?"

„Nur über das Band." Allmählich schien auch ihr die Situation anstrengend zu werden. Dachte sie, daß sie mir so langsam mal ein paar Scheinchen abnehmen müßte, schließlich war sie ja nicht zum Spaß hier? Oder es war für sie auch schwierig, in dieser Umgebung auf einmal auf einer privat werdenden Ebene zu reagieren. War sie hier nicht in einer viel verletzbareren Lage als ich?

Der Puls hämmerte durch meinen Kopf. Ich ging zur Tür. Meine letzten Worte hatte ich nur noch mühsam hervorgebracht, so erregt und irritiert war ich. An der Wohnungstür sagten wir tschüß, und ich fragte noch, morgen nachmittag? Ja, das ist gut, antwortete sie, und fand die Frage vermutlich etwas überflüssig. - Die

Treppe ging ich langsam hinunter, war schweißgebadet. Sie hatte ja positiv reagiert, aber ich hatte das unbestimmte Gefühl, etwas falsch gemacht zu haben.

Nachdenklich fuhr ich nach Hause. - Meine Wohnung lag im sechsten Stock eines 13-stöckigen breiten Hochhauses aus gelblich-grauem Klinker in Tiergarten. Diese Häuser waren Anfang der 50er Jahre von bekannten Architekten erbaut worden. Obwohl denkmalgeschützt, waren die Häuser ziemlich heruntergekommen. Trotzdem gefiel es mir, dort zu wohnen – nicht nur, weil es so billig war, sondern wegen des kühlen geometrischen Charmes der 50er-Jahre-Architektur und der zentralen Lage in Nähe zur Technischen Universität. Eine der großen Verkehrsadern der Stadt von Mitte über Charlottenburg bis Richtung Universitätskliniken in Dahlem streifte die Hochhäuser. Von meinem Zimmer hatte man Ausblick über die ganze Stadt. - Ich fuhr mit dem Fahrstuhl hinauf. Das Treppenhaus war wie immer zugig. Auf meinem Flur gab es vier Wohnungen. Ich schloß meine Wohnung auf und hob die Post auf. Aus dem Kühlschrank holte ich ein Glas *Schweppes Bitter Lemon* und lehnte mich aufs Bett.

Ich malte mir aus, was passieren würde, wenn sie das ihrem „Boss" erzählt. Würde der das so einfach zulassen, daß ich mit seinem Betriebskapital ausgehe? Ich statt zu bezahlen und sie zu vögeln, mich mit ihr anfreunde, und einen „schlechten Einfluß" auf sie ausübe, ihr dumme Gedanken ins Ohr flüstere? Sie sich möglicherweise noch in mich verliebt? Bin ich in dieser Hinsicht nicht das größte Problem, das einem solchen „Boss" über den Weg laufen kann? Mache ich morgen Bekanntschaft mit einem Trupp albanischer Gangster? Gibt es eine kleine Unterredung darüber, wie die es finden, wenn man sich an ihre Mädchen ranmacht? Oder geht es ihr an den Kragen? Muß sie jetzt mit Sanktionen durch ihren „Boss" rechnen, muß hier möglicherweise ein Exempel statuiert werden, damit die Mädchen auch ganz klar verstehen, was sich auf gar keinen Fall gehört. Eine private Beziehung muß ja zwangsläufig deren Machtstellung untergraben. Entweder würde ich sie „retten" wollen, oder ich wäre selber jemand, der sie abwerben will. Oder am Ende sogar von der Polizei. In jedem Falle schädlich fürs Geschäft. Oder muß ich einfach nur für die Zeit bezahlen, in der ich mit ihr essen gehe? Eine Verfeinerung des Geschäfts, und es würde zeigen, wie begabt sie ist, wenn sie zahlungskräftigen Herren Gesellschaft leistet. Ein wirksamer Weg obendrein, gefühlsmäßige Bindungen zu untergraben. Aber vielleicht ist es denen ja egal, wenn sie mit mir essen geht, möglicherweise sehen die das ja doch eher locker und sagen, das Mädel muß auch mal seinen

Spaß haben, und wenn sie sich verliebt, warum nicht? Ich müßte sie dann wahrscheinlich irgendwann freikaufen - das täte ich allerdings ohne eine Sekunde zu zögern! Auch wenn sich unsere Wege dann trennten. Doch sie wird ihren Boss schon kennen und den richtigen Ton anschlagen, wer weiß, vielleicht ist das ja alles kein Problem, solange das Geschäft nicht darunter leidet.

Um acht Uhr überlegte ich, ob ich nicht doch noch zu ihr hinfahren soll, um das Ganze abzublasen. Aber ich befürchtete dann, daß das zu aufgeregt wirkt. Wenn mich jemand beobachtet hätte, dann hätte er denken können, ich sei krank: ich fühlte mich geradezu elend, war in diesem aufgewühlten Zustand wie der Verzweiflung nahe. Doch jetzt waren die Würfel geworfen, der *Rubikon* überschritten. Hätte ich ihr nicht doch besser Geld geben sollen? Ich hatte mit der Konvention gebrochen, was wird nun passieren? Sieht sie in mir einen reichen Typen, der ein glamouröses Leben führt, und der sie in solche Kreise einführen kann - vielleicht war das ihr Beweggrund, auf die horizontale Bahn zu geraten? Habe ich in ihr falsche Hoffnungen geweckt? Oder ist es einfach nur mal so essen gehen, für sie? Wie wird die Begegnung morgen ablaufen: muß ich wieder erst zahlen, und dann mit ihr vögeln? - Ich war nach wie vor fürchterlich angespannt.

Viertel nach zehn: jetzt ist es zu spät, um doch noch hinzufahren. Um 23 Uhr kommt wohl der „Boss" vorbei und kassiert seine Tageseinnahmen. Jetzt kann ich eh nichts mehr tun. Das beste wäre, eine Runde zu schlafen, und morgen sieht alles besser aus. Leicht gesagt in diesem Zustand. Im Kühlschrank steht kein Bier, nur noch eine Flasche Champagner, was für besondere Anlässe, warum also nicht jetzt? Nuttenbrause - runterkippen läßt sich das Zeug nicht, ich habe den Mund voller Luftblasen. Die kaum angebrochene Flasche stelle ich wieder zurück, und versuche zu schlafen. Ich spüre meinen Haß auf die Zuhälter, die diese Mädchen ausbeuten - ich stelle mir vor, einen Revolver zu ziehen und die einfach abzuknallen. Vielleicht unternehmen die ja heute abend was mit ihren Mädels. Bin ich eine Art Hochstapler, der ihr was vormacht mit dem Blumenstrauß und der Einladung zum Essen? Sie muß Geld verdienen, und die Vorstellung, einfach nur essen zu gehen ohne Geld dafür zu bekommen, findet sie vielleicht gar nicht so toll. Ach Unsinn, das findet sie sicher gut. Ich glaube nicht, daß sie auf die üblichen Begegnungen des durchschnittlichen Studentenlebens steht, sie sucht sicher ein mondäneres Dasein - warum sonst will ein gutaussehendes Mädchen von Estland nach Deutschland, wenn nicht mit dem Traum, hier Model oder etwas ähnliches zu werden, oder viel Geld zu verdienen? Wenn ich sie morgen besuche, dann will ich nicht den Fehler von heute wiederholen, sondern ihr Geld geben, am besten mehr als üblich wäre - so 200 bis 300 Mark. Nicht um sie zu kaufen, sondern damit sie nicht das Gefühl hat, für die Zeit selber bezahlen zu müssen. Statt Sex lege ich dann vielleicht meinen Kopf in ihren Schoß, und wir unterhalten uns. Sie hat nichts an oder ist in ihren knappen Klamotten. Ich erzähle ihr von meiner Doktorarbeit und anderen Geschichten, und sie sagt als mein Kindermädchen, was sie dazu denkt und empfiehlt. Oder sie kniet sich neben mich, und streicht mir leicht durchs Haar, oder liebkost mich irgendwie anders. Ich möchte sozusagen ihr Teddybär sein.

III.

Sonntagmorgen. Dieser Tag würde den Zenit durchschreiten, es sollten mindestens 30 Grad im Schatten werden. Nachdem ich schon um acht Uhr wach geworden war, fuhr ich wieder ins Sportstudio, um mich körperlich zu ertüchtigen, was für gewöhnlich ein guter Weg ist, die Nerven zu kühlen. Es gab kostenlos Kaffee und Brötchen für die Frühaufsteher. Ich ging durch zum angeschlossenen öffentlichen Freibad, und zog ein paar Bahnen. Dann legte ich mich auf die Wiese, die sich allmählich zu füllen begann. Noch hatte ich einige Stunden Zeit, in denen sich meine Verfassung hoffentlich normalisieren mochte.

Ich schaute mich um. In einiger Entfernung sah ich ein Mädchen, bäuchlings und barbusig auf ihrem Badetuch liegen, und ein Buch lesen. Sie schaute auf, und unsere Blicke trafen sich. Sie kam mir vor wie eine Kommilitonin, die ich flüchtig kannte. Ich war mir nicht sicher, und wollte sie erst nicht ansprechen, aber tat es dann doch.

Ich kniete mich neben sie: „Entschuldigung, das klingt jetzt vielleicht nach sehr platter Anmache, aber studieren wir nicht zusammen Medizin?"

Sie nahm ihre Sonnenbrille ab, und grinste: „Ganz genau."

Wir hatten uns vor ein paar Monaten mal abends in einer Kneipe unterhalten. Nach kurzem Austausch, wer gerade wo in welchem Abschnitt des Studiums steckte, legte ich mich auf meinem Badetuch neben sie.

Wir unterhielten uns über das Buch, dessen zweites Kapitel sie gerade las, *Auf der Farm* von John Updike. In dem ersten Kapitel des Buches ging es interessanterweise um Brüste und einen Schönheitschirurgen. Die Sonne wurde immer heißer. Unter strahlend blauem Himmel kam langsam Strandatmosphäre auf. Ich verteilte ihre Sonnencreme auf meiner Haut.

„Wenn du sehr nett bist, dann könntest du sie auf meinem Rücken auftragen."

„Na, dann will ich mal sehr nett sein."

Wir lagen so da und die Zeit lief langsam vor sich hin. Man hätte denken können, daß wir uns schon gut kannten. Wir plauderten unangestrengt über dies und über das. Mittlerweile unterhielten wir uns über Familien, ihre und meine. Ich dachte, wenn wir uns vor ein paar Tagen so getroffen hätten, dann hätte da vermutlich was Ernsthafteres daraus werden können. Aber nun war ich ja schon innerlich gebunden! Es wäre der natürlichere Weg, eine Studentin zur Freundin zu haben. Möglicherweise auch der klügere. Und so eine Gelegenheit, wie sie sich heute anzubahnen schien, gab es auch nicht alle Tage. Aber während ich hier faul in der Sonne lag, tun und lassen konnte was ich wollte, mußte das Mädchen, in das ich mich so verliebt hatte, in einem goldenen Käfig anschaffen. Ich schaute auf die Uhr. Halb zwei. Aber ich konnte mich noch nicht losreißen. Es war einfach zu angenehm, hier im Gras zu liegen und sich regungslos im Nirwana der 30 Grad heißen Strahlung treiben zu lassen.

Um halb drei brach ich auf. Meine neue Bekannte gab mir noch ihre Telefonnummer. Um drei Uhr würde niemand außer Haus gehen, wegen des WeltmeisterschaftsFußballspiels Deutschland-Jugoslawien. An der Bar des Fitnesstudios bestellte ich mir einen Milchkaffee und einen Salat, bekam aber keinen Bissen herunter. Die Bedienung war so rührend, den Salat für mich einzupacken, was leider vergebliche

Mühe war, da ich den Salat draußen wegwarf. Das Auto war der reinste Ofen geworden. Voll war es nicht auf den Straßen, bei dieser Glut. An einem Geldautomaten hielt ich und hob 250 Mark ab. Ich parkte wieder in der Häuserlücke. Es war eine Atmosphäre wie mittags in Sizilien, sonnig, trocken, und menschenleer. Ich klingelte einmal bei „Winter". Die Tür summte. Ich ging die Treppe hinauf. Die Luft stand heiß. Das zusammengeknüllte Blumenpapier von gestern lag nicht mehr da. Jemand mußte es also bemerkt haben. Vor der Wohnungstür klingelte ich ein zweites Mal bei meiner Freundin. Es dauerte länger als die vorigen Male, und ich achtete nicht auf den Türspion.

Meine Haut war halb braun vom Liegen in der Sonne und roch nach Sonnencreme, ich hatte ein T-Shirt an, helle Hosen und Baumwollschuhe. Ich sah aus wie im Urlaub, von den durch die Hitze geglätteten dunklen Haaren über Zwei-Tage-Bart bis sonnengebräunt eine perfekte Mischung. Ich war gleichzeitig aufgeregt und hatte ein schlechtes Gewissen. Aus uns konnte praktisch nichts werden, dachte ich mir. Ich bin Student, lebe in einer langfristigen Lebensplanung, wo ich jetzt auf viel Geld und kostspielige Freizeit verzichten muß (obwohl mein Lebenswandel vielleicht nicht so erscheinen mochte – aber als Student gibt man für bestimmte Dinge viel aus, und für die meisten sehr wenig). Wenn sie dagegen heute mit ihrer Tätigkeit aufhört, was macht sie dann morgen? Ihre jetzigen Verhältnisse mochten sie zwar ausbeuten, aber hatten vermutlich etwas sehr Bequemes und in gewisser Weise Unterhaltsames. Hielte sie das aus, auf einmal ein ganz normales Dasein zu fristen, mit nicht so viel Geld und neuen Klamotten? Träumt ein estnisches Mädchen davon, eine Beziehung zu einem zukünftigen deutschen Mediziner einzugehen? Ich wußte ja nicht, was sie in ihrem hübschen Köpfchen tatsächlich an Vorstellungen hegte. Kann man ein tragfähiges Verhältnis haben, wenn der eine tun und lassen kann, was er will, und die andere unter Bedingungen größter Abhängigkeit und Orientierungslosigkeit gehalten ist? Die Brücken waren möglicherweise doch ziemlich weit. Und schlimmer als gar nichts anzufangen wäre es, erst eine Verliebtheit wachsen zu lassen, die dann doch unglücklich enden muß. Vielleicht wäre es doch besser gewesen, einfach nur ein wenig zu vögeln, so wie man zum Friseur für eine Dienstleistung geht, und es bei dieser Art von Beziehung zu belassen, die aber dafür niemandem das Herz bricht? Aber dieser Weg stand mir nicht mehr offen. Was sollte ich ihr gleich sagen? Wie können wir trotzdem etwas zusammen anfangen, ohne daß die Realitäten gesprengt werden?

Die Tür ging auf. Meine Augen blickten irritiert in das Gesicht des Mädchens, das geöffnet hatte - und begriffen es erst nicht: das Mädchen aus dem anderen Zimmer stand mir gegenüber. Ich war in der Tat überrascht.

„Ich wollte zu deiner Freundin", sagte ich höflich.

„Die ist nicht da", antwortete sie in gebrochenem Deutsch.

„Dort in dem Zimmer", und ich zeigte auf die Tür. Das Türfenster war von einem Badetuch verhangen, aber das mochte gestern auch schon so gewesen sein. Auf dem Badetuch stand irgendetwas: Sauna? Das machte doch keinen Sinn. „Soll ich heute abend wiederkommen?"

„Sie ist den ganzen Tag nicht da", meinte sie und sah mich fragend an.

„Wie? Ist sie Montag oder Dienstag wieder da? Ist sie schon woanders?" fragte ich aufgeregt.

„Ich weiß nicht..."

Langsam begriff ich, fragte aber noch besorgt: „Ist sie krank?"

Das Mädchen schaute mich angestrengt mit großen nichtssagenden Augen an. Sie tat hier schließlich nur ihren Job. „Ich weiß nicht...tschüß".

Ich erwiderte höflich. Verwirrt ging ich die Treppe hinab. Das konnte doch nur eins bedeuten: sie darf mich nicht wiedersehen... Habe ich einen fürchterlichen Fehler begangen? Warum bin ich nicht gestern noch mal hingefahren, schoß es mir durch den Kopf. Hatte ich nicht etwas Ähnliches befürchtet? Das ist hier kein Spaß, sondern ein brutales Geschäft, das von organisierten Verbrechern geführt wird. Muß sie jetzt dafür leiden? Wurde sie womöglich geschlagen? Wird sie jetzt strafversetzt? Und ich kann nichts dagegen tun. Wie denkt sie jetzt über mich? Was für einen Eindruck haben die Rosen gemacht, womöglich auf den „Boss"? Morgen will ich es noch mal versuchen, aber es wird wohl denselben Effekt haben. Jetzt habe ich alles durch mein unüberlegtes Handeln verdorben. Ist es besser, jetzt gar nichts mehr zu tun, um das Unglück nicht noch zu vergrößern? Was ist das für ein Gefühl für sie, eingesperrt zu sein wie eine Leibeigene? Ich hoffe meine – und möglicherweise ihre – Naivität hat keine schlimmen Folgen. Wäre es besser gewesen, gar nichts wäre passiert, oder hilft es ihr, wenn sie sich eine Illusion weniger macht?

Am frühen Abend gab ich den Wagen bei meinen Eltern ab, und ging dann ins Labor, um meine Gedanken in Arbeit zu ertränken. Zum Glück war in meiner Arbeitsgruppe niemand da, so daß ich mit keinem reden mußte. Ich fing mit einer Routinesache an, bei der ich nicht viel nachdenken mußte. Ein Doktorand aus dem Nachbarlabor kam herüber, und nervte mich mich

Fragen zu einem Gerät, das er nicht finden konnte. Ich verzog mich in einen leerstehenden Labortrakt, wo man in Ruhe Zeitschriften lesen oder an seiner Doktorarbeit feilen konnte. Draußen wurde es langsam dunkler. Ich setzte mich an einen Schreibtisch, die Anspannung fiel von mir ab.

Mit der Unbekümmertheit des Nichtsahnenden reite ich zum Schloß meiner Jungfer. Ein Rabe säumt den Weg. In böser Vorahnung gewärtige ich die dunkle Aura, die über Deinem Haus liegt. Ich eile zu Deinem Gemach. Die früher so lebendigen Hallen sind erstarrt, die Fenster & Spiegel verhangen mit weißem Tuch. Auf einem Meer von Blüten liegt wie zum Schlafe Dein schneeweißer Leib, von einem Schleier bedeckt, und ein schwarzer Rosenkranz ist Dir als Krone ins goldene Haar gesetzt. Ich will Deine blaßrosa Lippen wachküssen - doch Du bist fort, für immer, in diesem

Leben unerreichbar. Ich bin zu spät gekommen.

Leb wohl, meine kleine Prinzessin, mir
fließen nur noch die Tränen in die Augen...

* * *

IV.

Am Montag war es wieder voll im Labor, und ich lenkte mich durch intensive Arbeit ab. Ich hatte überlegt, zur Polizei zu gehen, dort nach einem auf Prostitution und organisierte Kriminalität spezialisierten Menschen zu fragen, um von dem dann erfahren zu können, wie Zuhälter vermutlich auf einen solchen Vorfall reagierten. Ich wollte wissen, ob sie wegen mir mit negativen Sanktionen zu rechnen hatte. Aber dann sagte ich mir, daß dabei – sofern sich dort überhaupt jemand für diese Geschichte interessierte – auch nicht mehr herauskommen würde, als ich selber vermuten konnte, und wenn doch, dann konnte ich sowieso nichts dagegen tun.

Alle Labore der Welt sehen letztlich gleich aus: In den Regalen über den Arbeitsplätzen stapeln sich Chemikalien in allerlei bunten Flaschen, daneben unzählige durchsichtige Flaschen mit blauen Deckeln und handgeschriebenen Beschriftungen, welche die darin angesetzten Lösungen angeben. Auf den Tischen stehen Reaktionsgefäße herum, Pipetten, Pipettenspitzen, Spritzflaschen mit Alkohol, Tischzentrifugen. Über den Schreibtischen Laborjournale, Ordner mit wissenschaftlichen Artikeln, Computer; dazwischen die unvermeidlichen Radios. In den Ecken gläserne Abzüge für flüchtige Chemikalien, unter und neben den Tischen Kühlschränke. Von den Fluren gehen Türen ab zu Geräteräumen, Dunkelkammern, Radioaktivitätslabors, Zellkulturräumen. Überall stehen leere Kartons und Verpackungsmaterialien von den täglich angelieferten Reagenzien herum.

Ich setzte mich an meinen Laborplatz und begann damit, aus in der Vorwoche eingefrorenen Zellkulturproben die *Ribonu-kleinsäure* aufzureinigen, also die molekularen Bestandteile jeder Zelle, welche die aktiven Gene dieser Zelle repräsentieren. Die Zellkulturproben, insgesamt 10 Stück in kleinen Reaktionsgefäßen, nahm ich aus einem -80°C Kühlschrank und ließ sie auf Eis auftauen. Mit einem *Lysepuffer*, einer bestimmten Reaktionslösung, löste ich die Zellstrukturen in ihre Einzelbestandteile auf. Die Lösungen versetzte ich eins zu eins mit 70% Ethanol und pipettierte sie dann auf vorgefertigte Säulen, die eine bestimmte Struktur enthalten, an dem nur die Ribonukleinsäure hängen bleibt; der Rest der Zellbestandteile tropft mit der Lösung durch. Diese Säulen wurden dann mehrmals mit salzigen und alkoholischen Puffern gewaschen, um nur noch die reine Ribonukleinsäure übrigzubehalten; diese löste ich dann im letzten Schritt mit einem wäßrigen *Elutionspuffer* aus der Säule heraus. Die Konzentrationen bestimmte ich im Photometer und trug sie als Tabelle in mein Laborjournal ein. Schließlich fror ich die aufgereinigte Ribonukleinsäure bei minus 80°C weg.

Schräg links hinter meinem Laborplatz hatte R. seinen, zwischen der Tür und der *PCR-Maschine*. R. war mir als Münchener mit blonder Snowboarder-Frisur und seines Nichtbetonens des Erfolgsdruckes einer der Sympathischsten, mal abgesehen davon, daß er immer demonstrativ im weißen Laborkittel rumlaufen mußte.

„Hey, Don G., wie war das Wochenende?" fragt er, während er an seinem Platz irgendwas zusammenmischt..

„Nix besonderes."

„Du kannst mir doch sicher was von deinen Pipettenspitzen borgen, oder?"

„Klar, bedien dich."

Ich setzte mich an einen Computer und surfte im Internet durch estnische Seiten. Ein kleines Land, mit weniger Bewohnern als die Stadt Berlin. Von der Lage im Baltikum her entfernt verwandt mit Ostpreußen, dem Land, aus dem meine Vorfahren stammten. Neben Universitäten, Regierungsseiten, Schulen und Touristikangeboten fand ich allein zwei Modellagenturen - Dutzende von Bildern junger hübscher Mädchen, von denen einige dem meinen ähnelten. Welches von diesen Mädchen mochte seinen Traum von einer internationalen Karriere wirklich erleben? Für deutsche Lesart lustige Namen - mit zwei I's oder zwei U's. Lisa kommt als Name tatsächlich in Estland vor. Estnisch kann man teilweise verstehen, wenn man die Texte liest, es könnte also entfernt mit Deutsch verwandt sein. Doch es ist vielmehr aus dem finno-ugrischen Sprachkreis, wie ich irgendwo lese. Europas Ureinwohner, noch älter als die Indogermanen? Ein

weiter Weg von den abgeschiedenen Sippen
der eisigen nordosteuropäischen Wildernis
bis zu den bunten Lichtern dieser westli-
chen Metropole.

Später unterhielt ich mich mit einem anderen Doktoranden aus meinem Institut,
der schon mal im Baltikum war, in Litau-
en, anläßlich einer Klassenreise. Litauen
soll Skandinavien ähneln, aber ein karges
und ärmeres Land sein, zumindest für unsere Verhältnisse in Deutschland. Die
Menschen sollen dafür sehr freundlich
sein. Also offenbar in jeder Hinsicht das
Gegenteil zu unseren Zuständen. Das er-
klärt vielleicht so manches - für ein un-
bekümmertes Mädchen im armen Estland ist
das ferne Berlin und die Vorstellung von
schnellem Geld vermutlich eine unwider-
stehliche Verlockung.

Ich dachte mir, daß es besser sei, noch
einen Tag abzuwarten, damit sich die Wo-

gen etwas glätten konnten. In meiner Phantasie versuchte ich mir die morgige Begegnung auszumalen: Mit jungenhaftem Charme werde ich sie angucken, wenn sie hinter der Tür steht. Aber es wird so wie gestern ablaufen... Quäle ich sie damit nicht nur? Stellt sie sich in mir etwas vor, eine Chance, die womöglich gar nicht besteht? Sie weiß ja eigentlich nichts von mir. Oder sie macht sich nicht so viele Gedanken? Ich mußte auf jeden Fall testen, ob sie nicht tatsächlich nur den einen Tag weg war - schon allein wegen des Wirbels mit den Rosen und der Einladung. Ist sie vielleicht sauer auf mich, weil ihr Boss ausgerastet ist, als sie ihm das Ansinnen erzählte? Womöglich mußte sie sich ihren jetzigen Job hart erarbeiten. Muß sie jetzt woanders hin? Ihr Band lief noch - das spricht dagegen. Ist es nicht eine Tortur, wenn sie mich hinter dem Spion sieht, und dann ihre Kollegin rufen muß, die mich abwimmeln soll?

Ich vermutete, daß ihr „Boss" ihr befohlen hatte, mich nicht wiederzusehen. Oder war es alles nicht so? Vielleicht war sie ja wirklich nicht da. Mir ist ganz schön bange, wenn ich an den nächsten Tag dachte. Ich weiß noch nicht mal ihren richtigen Namen. Montag bis Sonntag von elf bis elf – da gibt es kaum noch Platz für andere Gedanken.

V.

Dienstag, 18 Uhr. Seit Stunden schon Nieselregen und grauer Himmel. Ein Tag, an dem sich keiner seiner Depressionen schämen mußte. Welch Gefälligkeit des Schicksals, daß sich das Wetter meiner Stimmung anzupassen anschickte. Heute morgen war ich extra noch zum Haareschneiden gewesen, und ich hatte das neue blauschwarze Hemd und verwaschene Blue Jeans an. Den Tag über verbrachte ich im Labor, und um 16 Uhr mußte ich zu einem Seminar, das ich mühsam ertrug. Nach einer Stunde war es glücklicherweise vorüber. Heute hatte ich kein Auto, sondern bewegte mich mit dem zähflüssigen öffentlichen Nahverkehr durch die graue naßkalte Stadt. An einer U-Bahn-Station stieg ich aus, und näherte mich, mit einem Regenschirm in der Hand, der H.-Straße.

Es ist das Finale? Den ganzen Tag schon hatte ich vor Nervosität keinen Hunger. Ich klingle bei „Winter". Die Tür summt prompt. Mit langsamen Schritten steige ich die Treppe hinauf. Das Treppenhaus ist dunkel an diesem tristen Tag. Was soll ich gleich sagen, wenn sie doch an der Tür ist? Ich stelle mir vor, sie mit einem charmanten Hallo zu begrüßen. Aber dann? Ich schalte das Licht an, damit man mich durch den Spion sehen kann. Ist schon jemand hinter der Tür? Ich klingle noch mal bei Winter. Ob jemand hinter dem Spion ist, kann ich nicht erkennen. Ich höre vom Wohnungsflur leise Stimmen. Macht jetzt wieder ihre Kollegin auf? Nichts passiert. Ich schaue mal auf den Spion, mal auf den Etagenflur, mal auf das Treppenhaus. Meinem Gesicht muß man die großen fragenden Augen, die traurige Erwartung, und die bedauernde Mimik anse-hen. Meine Zunge streift nervös über die Lippen. Schließlich wende ich mich ab, gehe langsam zurück zur Treppe. Ein letztes Mal noch, auf der obersten Stufe der Treppe stehend, drehe ich mich um. Öffnet sich die Tür doch noch? Langsam gehe ich weiter die Stufen hinab. Unten weiß ich, daß es vorbei ist.

Ich ging wieder hinaus. Fünf Minuten mochten höchstens verflossen sein. Die Straße erwartete mich mit Regen und Geschäftigkeit. Ich spannte den Schirm auf und ging drauflos in den Regen. Ich merkte, wie die Spannung von mir abfiel, und ich war irgendwie erleichtert. Ich drehte mich noch mal um zu dem Haus. Eine schwache Ahnung von ihrem Bild erschien vor meinen Augen. Wenigstens Klarheit vor falschen Hoffnungen, ein Ende ohne Schrecken. Wenn sie die Tür aufgemacht hätte, dann wäre es wahrscheinlich zu einem seelischen Zusammenbruch gekommen. Jetzt wirst Du mich vergessen. Orpheus hat erneut an den Eingang zum Hades geklopft, aber die Mächte der Unterwelt haben gesiegt. Doch ein kleiner Gedanke mag immer in Deiner Erinnerung bleiben. Wenn Dir das nur ein klein wenig nützen wird.

Ich schlenderte bei strömendem Regen noch eine knappe halbe Stunde weiter die Straßen des mir fremden Stadtteils entlang. Die Wasser spülten die Erde rein, und flossen in die Unendlichkeit der See. Das normale Leben fing wieder an zu beginnen.

VI.

Warum bist Du da, wo Du jetzt bist? Wie warst Du früher? Du wurdest ungefähr geboren, als ich auf die Grundschule kam. Vor kurzem müßtest Du selber noch zur Schule gegangen sein. Aus Estland kommend, hast Du in einer Stadt gewohnt, oder auf dem Land? Kommst Du aus armen Verhältnissen oder einer zerrütteten Familie? Was halten Deine Eltern von dem, was Du jetzt machst? Hast Du schon viele Freunde gehabt? Wovon träumst Du für Dein zukünftiges Leben?

Immer wieder mal mußte ich an sie denken. Beim Aufwachen hatte ich geträumt, daß ich sie irgendwo nachts und allein auf einer verregneten Straße fände. Mußte ich mir vorwerfen, daß wenn ich wirklich in sie verliebt war, ich nicht versucht habe, mit aller Hartnäckigkeit oder Gewalt an sie zu kommen? Die Antwort mochte sein: was die Liebe betrifft, so kannte ich sie zu kurz, um zu wissen, ob sie sich auch in mich verliebt hatte. Konnte ich davon ausgehen, daß die kurze Zuneigung, die sie für mich empfunden haben wird, das Verbot mich zu sehen überstehen würde? Was ihre Lebensumstände betrifft, so ist es nicht ganz einfach, von außen für andere zu beurteilen, was für sie wirklich das Bessere ist. Was ist, wenn die Alternative in einem beengten Leben in einer trostlosen Vorstadt-Siedlung besteht? Wer weiß, vielleicht findet sie das, was sie macht, gar nicht so schlimm. Ich konnte nicht wissen, ob sie wirklich „befreit" werden wollte, und das wäre ja auch keine ganz einfach Sache gewesen. Sie arbeitet möglicherweise widerwillig, aber in Ermangelung anderer Möglichkeiten, so für ein Jahr, wegen des Geldes, und hört dann auf - hoffentlich. Sie war zu ordentlich und protestantisch fleißig, um einfach von ihrem Job wegzulaufen. Man gewöhnt sich leider sehr schnell an Verhältnisse, unter denen man eigentlich leidet, und das gilt gerade für harmlose Mädchen. Oder verwechsle ich das mit dem ihr drohenden Damoklesschwert pathologischer Bestrafungen?

Einige Wochen später klingelte ich nochmals an ihrer Tür – genauso vergeblich wie die vorigen Versuche. Ein anderes Mädchen öffnete die Tür, nobel und vergleichsweise bedeckt gekleidet, auch jung, auch schön, aber nicht ganz so hübsch, und ziemlich knapp in der Konversation. Eine Mischung aus teuren Klamotten, nackter Haut und süßem Parfüm. Ich kam mir vor, als hätte ich bei einer Modellagentur geklingelt. Sie fragte, ob ich nicht zu ihr wolle, aber ich verneinte betrübt. – Die Ablehnung, die hinter der Verleugnung steckte, traf mich, aber ich hatte auch den Eindruck, daß ich sie nun mit Trotz aufnahm. Einige Tage später waren die schlechten Gefühle verebbt.

Es erschreckt nur die Lebenden, wenn das Gespenst am Ort des Verbrechens spukt; manchmal haben sie Mitleid mit ihm. – Vielleicht habe ich noch am meisten für sie getan, indem ich mich um sie bemüht habe, und sei es nur das kurze Gefühl gewesen, daß sie für jemanden etwas ganz Besonderes ist. Der einzige Weg für mich war, es so zu versuchen, wie ich es getan habe.

VII.

Ein Jahr verging. Ein Jahr sind einhundertundachtzigmal so viele Tage, wie ich ihr begegnet war. Ein Tag folgte auf den nächsten, und der jeweils heutige Tag schien nicht anders zu sein als sein Vorgänger, dennoch wandelte die Welt sich unmerklich und unbeirrbar in eine nicht vorhersehbare Richtung. Meine Kommilitonin aus dem Schwimmbad traf ich einmal kurz wieder, aber ich hatte sie nicht mehr angerufen, und wir verloren uns schnell wieder aus den Augen. Acht Wochen nach der Begegnung, die ich mit *Lisa* gehabt hatte, fuhr ich für vier Monate an eine Londoner Universitätsklinik, und als ich nach Deutschland zurückkam, sah meine Situation im Labor günstiger aus. Ich machte mich an das Schreiben meiner Dissertation. Hier und da hatte ich eine kurze Liaison, ich gewann neue Freunde und Bekannte für die, die ich verlor, denn das Berufliche blieb mir stets wichtiger.

Gelegentlich dachte ich noch an *Lisa* - wenn das denn ihr Name gewesen war. Ich würde sie zwar niemals vergessen können, aber die Zeit läßt alle Wunden zumindest vernarben, und immer kleiner werden - weil das Leben weitergeht. Als ich aus London zurückkam, fand ich zu meinem Erschrecken immer noch ihre Anzeige in der Zeitung. Doch gegen Weihnachten verschwand die Annonce, und ich nahm an, daß dies bedeutete, daß sie nach Estland zurückgekehrt sei. Ein bißchen nagte es an mir, weil ich nicht wußte, ob sie vielleicht in zweifelhaften Kreisen weitervermittelt worden war, anstatt aufzuhören. Doch ich dachte: nun ist endgültig vorbei.

VIII.

In London wohnte ich im Schwesternwohnheim des *Chelsea & Westminster Hospital*,
das sich im viktorianischen Nobel-
Stadtteil South Kensington befindet. Die
Klinik liegt an der Fulham Road, einer
Parallelstraße der noch bekannteren
King's Road. Ich war jetzt ungefähr das
achte Mal in meinem Leben in London, und
die Strecke vom Flughafen Heathrow fuhr
ich mit der *underground* und den roten
60er-Jahre-Doppeldecker-Bussen, ohne ein
einziges Mal auf den Stadtplan gucken zu
müssen. Die stets gleichförmig aussehenden Häuserreihen, aus dunklem Backstein
oder cremeweiß gestrichen, aber mit bunt
lackierten Haustüren, die gepflegten Rasen der Parks, die Kleider-, Schuh- und
Schallplattenläden, Pubs, die vielen Menschen, Geschäftsleute, Touristen, die
London-typischen, regungslos-introver-

tierten Gesichtsausdrucke; all das waren mir vertraute Anblicke.

Am Informationsschalter des *Chelsea & Westminster* holte ich meinen Zimmerschlüssel ab. Die Zimmer in der neben der eigentlichen Klinik liegenden Wohnanlage, insgesamt der modernste Krankenhauskomplex Großbritanniens, waren mit kaum mehr als 6 Quadratmetern unfaßbar klein und hatten obendrein noch Dachschräge. Diese Enge, in Verbindung mit einem merkwürdig-futuristischen innenarchitektonischen Design, vermittelte manchmal den Eindruck, man hielte sich auf einem Raumschiff auf. In den unteren Stockwerken wohnten die Krankenschwestern, an ihrer Dienstkleidung unzweifelhaft zu erkennen: hellblau-weiß gestreifte Kleider, an der Taille zusammengebunden durch einen Gürtel mit kunstvoller silberner Schnalle und in der Farbe des Dienstranges. Schwarz ist am höchsten, dann folgen rot, blau und schließlich grün. Im obersten Stockwerk wohnten die *visiting students* der Universität, die meist nur für ein paar Wochen da waren. Als ich ankam, reisten gerade ein paar Studenten aus Frankreich ab. Im gegenüberliegenden *supermarket* kaufte ich ein paar Sachen ein: die Kaufkraft von einem Pfund Sterling glich einer Deutschen Mark, bei einem Kurs von einem Pfund zu über drei Mark.

In der ersten Nacht ertönte laut Feueralarm. Ich ging in fahler Notbeleuchtung die Treppe hinab, und erfuhr von den genervt Mit-Herausströmenden, daß es mindestens einmal pro Woche Fehlalarm gab. Draußen versammelten wir uns auf der Straße, manche Schwestern noch in Dienstkleidung, um die Ankunft der Feuerwehr abzuwarten. In der teilweise zigarettenrauchenden Menge sah ich plötzlich ein bekanntes Gesicht. Ungläubig erkannte ich J., einen Kommilitonen aus meinem Semester, 1,90 Meter groß und ein durchtrainierter Sportler (wenn auch mit runder Nickelbrille). Ich kannte ihn als Bekannten eines Freundes von einer Party in Berlin her. Eigentlich hatte ich ihn in erster Linie für einen eingebildeten Hockeyspieler befunden. Ich ging auf ihn zu. „Hallo, du auch hier?" begrüßte ich ihn. „Oh sieh an, Dr. G.", antwortete er lachend.

In meinem Lehrkrankenhaus hatte ich kein besonders forderndes Programm, da von mir nichts Konkretes erwartet wurde. Jedenfalls keine richtige Arbeit: alles, was ich machte, war freiwillig; als Student konnte ich tun und lassen, was ich wollte, und jede Form von Engagement wurde mit mehr oder minder großer Freude registriert. Ich nahm zunächst nur am klinischen Unterricht meiner Klinik für die Medizinstudenten des *Imperial College* teil. Mal *bed-side teaching* am Krankenbett, mal theoretischer Unterricht in kleinen Hörsälen. Wie zuhause waren die Medizinstudenten auch hier sehr strebsam und untereinander kompetitiv eingestellt. Meine Anwesenheit wurde zwar mit Interesse aufgenommen, aber über kurzen smalltalk ging der Kontakt zunächst selten hinaus. Da sich das Curriculum alle paar Wochen mit neuen Studenten wiederholte, ging ich dazu über, mich mehr auf einer Station aufzuhalten. Die *registrars* und *house officers*, wie die Assistenzärzte hier hießen, waren recht freundlich zu mir, und bald drang der Ruf zu den *consultants* durch, daß ich *sehr engagiert und interessiert* sei; ein bißchen so, wie man es von einem Austauschstudenten mit mehreren Empfehlungsschreiben erwartet. Gegen 16 Uhr ging ich manchmal noch in die Bibliothek.

J. war bereits seit einem halben Jahr am *Chelsea*, weil er im Zuge einer Kooperation mit einem Labor von unserer Universität hier seine Doktorarbeit machte. Wir gingen am zweiten Abend vom Schwesternwohnheim in einen der zahlreichen Pubs South Kensingtons. „Klassisches Rollenverständnis bei den Briten", meinte J. „Ein richtiger Mann trinkt möglichst viel Bier und sieht *soccer*, die Frau ist blond und sieht gut aus." - Ich hatte zunächst befürchtet, es könnte mir schwer fallen, neue Leute kennenzulernen, aber diese Sorge erwies sich als unbegründet. Bei einem meiner Kurse lernte ich eine Medizinstudentin aus der Schweiz kennen, die wiederum mit einer anderen Austauschstudentin aus Heidelberg befreundet war. Mit den beiden unternahm ich häufiger was in London. Wir gingen in Museen, die ich in der Regel allerdings schon kannte, die Londoner Parks, ins Kino, auch in mehrere berühmte Clubs in London, zum Beispiel das *Ministry of Sound*. - Einmal, als ich mit J. in einem Club in Notting Hill waren, unterhielt ich mich an der Bar eine Weile mit einem hübschen Mädchen in Discoklamotten. Sie war auch aus Deutschland und erzählte mir, daß sie aus einem kleinen Dorf in Mecklenburg sei. Sie jobbte hier in London zusammen mit ihrer Freundin für 2 Monate als *chamber maid* in einem Hotel. Sie erinnerte mich entfernt an *Lisa*. Ich fragte sie, wie alt sie sei: 18 Jahre. Mir ging dann der Gesprächsstoff aus; ich lächelte ihr zu, und sie schien sich zu freuen; dann kam ihre Freundin, und ich verabschiedete mich von ihr.

Obwohl ich tagsüber an der Uni war und abends Kontakt zu Kommilitonen von der *medical school* oder dem Schwesternwohnheim hatte, war ich aber oft auch alleine unterwegs in den mir vertrauten Straßen und Stadtteilen von London. Auf den Straßen sah ich Passanten an mir vorbeigehen, in neuen Mänteln und Anzügen, wie ich sie in den Schaufenstern in South Kensington und Knightsbridge gesehen hatte, auf dem Weg zur Arbeit, in Geschäfte, Restaurants, Nachtclubs. Gelegentlich ging ich in die Sportanlage der Universität. London, das Mekka der internationalen Finanz- und Handelswelt, ist eine Stadt, die eine beeindruckende Architektur aus der Glanzzeit des Britischen Empire besitzt, wie die *Royal Albert Hall*, in der sehr gute Kleidung getragen wird, in der es noch Geschäfte gibt wie *James Lock & Co. Ltd.*, wo schon König George III. seine Hüte kaufte, in der erfolgreiche Geschäftsleute, gutaussehende Frauen und teure Limousinen das Straßenbild prägen, die sehr gute Restaurants und viele teure Geschäfte hat, aber in der man ohne Geld nichts ist. Das begriff ich hier mehr als irgendwo anders. Einmal ging ich abends durch eine Seitenstraße der Fulham Road, und sah, wie sich im Souterrain eine schwarze Metalltür öffnete, zwei Frauen und ein Mann kamen heraus, nicht älter als ich, in dunklen Designer-Sachen, sie gingen lachend zu einem Jaguar. Drinnen war eine Party, ein privater Club: das sah man an dem ebenfalls gutgekleideten Türsteher, von dem die drei sich verabschiedeten wie von einem guten Freund. Dann schloß sich die Tür wieder, und ich wußte, daß keiner Zugang zu diesem Club hatte, für den es nicht normal war, in Designer-Kleidung zu einem Jaguar zu gehen.

IX.

Ich nahm meine Umgebung immer mehr aus
einer gewissen Distanz wahr und gleichzeitig verändert. Die Häuser, Straßen,
Grünanlagen waren von unglaublicher In-
tensität. Ich fühlte mich zunehmend innerlich zerworfen, etwas Zentrales fehl-
te. Etwas, das schon zuhause gefehlt hatte, aber das ich jetzt stärker spürte und
gleichzeitig in der Fremde leichter über-
tünchen konnte, das nur deswegen leichter
zu ertragen war, weil ich nur auf Zeit
hier war.

Ich dachte an früher, die Zeit zu Beginn
des Studiums: Alles kam mir so trist,
sinnlos, leer vor – menschenleer. Nichts
quält mich mehr als diese Leere. *Es ist
nichts Dauerhaftes in meinem Leben.* Ich
sehe keine Perspektive. Haltlos, orien-
tierungslos. Was soll nur werden aus mei-

nem Leben? - Ich gehe mit meiner neuen Tasche unter dem Arm durch die Uni, nicht nur zu Mediziner-Vorlesungen, sondern auch Naturwissenschaften, Psychologie, sogar Soziologie und Wirtschaft. - Eine Flut von Eindrücken umgab mich, ich konnte sie nicht stoppen, ich mußte sie alle aufnehmen. Um mich herum waren andere Studenten, aber sie scheinen mich nicht zu bemerken. Konnten sie sehen, wer sich hinter dem Kommilitonen mit dem hübschen Gesicht und dem traurigen Blick befand? *Ich kann nicht stillstehen, ich muß weitergehen. Graue Betonplatten, grüne Rasenflächen. Meine neue Tasche und ich.*

* * *

Als ich in der Mittelstufe war, hatte ich einen knapp zehnminütigen Weg, um nach der Schule zur S-Bahn zu gehen. Ich ging den Hochbahndamm entlang und dann die steinerne Treppe hinauf zur Station. Vom

Bahnsteig aus betrachtete ich die Gleise, deren glänzend-metallerner Strang sich im Dunkelrot des Bahndammes, im Grün der Böschung, und im Grau der fernen Häusersilhouette verlor. Schließlich kam der beigerote Zug angerollt, erst sah man ihn klein und ganz in der Ferne, langsam kam er näher, und dann wurde er größer und größer.

Während der großen Pause standen wir in der dem Nebenausgang zugewandten Ecke des Pausenhofes, der „Raucherecke". An diesem Gymnasium gab es drei Pausenhöfe: einen kleinen, neben einem Anbau, für die Sextaner, den eigentlichen, großen, für die Mittelstufe, und den Innenhof des Hauptgebäudes für die Oberstufe. Da wir in der 9. Klasse waren, durften wir noch nicht rauchen, das durfte man erst ab der Oberstufe, und wir wurden noch geduzt und nicht gesiezt. In dieser Ecke, halb auf Schwelle des Nebenausgangs, war man weit-

gehend außer Reichweite des aufsichtsha-
benden Lehrers, deswegen war dies auch
die Raucherecke. Dem Stil der sich als
Eliteschule begreifenden Institution ent-
sprechend, trug ich einen Fischgrätmu-
ster-Mantel für 450 Mark. Gelegentlich
hatte ich auch eine schwarze Baseball-
Jacke an, die ich in einem Second-Hand-
Laden gekauft hatte, die auf die meisten
Lehrer und die meisten meiner Mitschüler
aber eher suspekt wirkte. Ich stand mit
zwei Mitschülern da und wir rauchten
schnell eine. Zwei Mädchen aus der 8.
Klasse kamen vorbei. Die eine war blond
und blaß und schlank und sehr hübsch, eines der schönsten Mädchen der Schule; wir
hatten uns ein-zwei Male bei ihr getroffen; ihre Eltern waren geschieden, und
ihr Zimmer mit Parfüms und Kleidung und
Elle und *Vogue* vollgestellt. Ich war sehr
an ihr interessiert, aber ich wußte
nicht, wie ich mit ihr reden sollte; sie
schien auf irgendetwas zu warten, aber

ich wußte nicht, wie es weitergehen konnte. Schließlich läutete die Glocke, und wir zogen langsam wieder zurück in die Klasse.

Mit 16 wollte ich unbedingt einen Computer haben, damals noch etwas Ungewöhnliches. Ich suchte mir schließlich zu Weihnachten einen Rechner aus, für heutige Verhältnisse ein vollkommen vorsintflutliches Gerät. Statt eines eigenen Bildschirmes schloß man den Rechner an den Fernseher an; Daten wurden mit einem Kassettenrecorder gespeichert. Alle Programme mußte man selber mit den Fingern in die Tastatur eintippen. Die Programme, meist für Spiele, fand man abgedruckt in Computerzeitschriften. Ich begriff die Programmiersprache schnell und schrieb bald auch eigene Programme. Mich faszinierte die Möglichkeit, eine denkende Maschine nach eigenem Willen zu programmieren und agieren zu lassen.

Gelegentlich traf ich mich mit einem Schulfreund zu einem ungewöhnlichen Zeitvertreib. Im Norden der Stadt gab es ein reines Büroviertel, in dem große Unternehmen sich Paläste aus Glas und Stahl erbaut hatten. Dazwischen war grüner Rasen, und manchmal hunderte Meter freier Abstand. Nur vereinzelt Bäume, Blumenbeete oder Laternen. Wir hatten Schläger und Bälle dabei und spielten in diesem unbelebten Architekturviertel Golf. Aber irgendwann wurde das auch langweilig.

Zuhause las ich sehr viel in den Büchern, die bei uns zahlreich im Wohnzimmer und im Eßzimmer standen. Goethe, Schiller und Fontane gab es gleich zwei- oder dreimal komplett; diese Bücher ließ ich meist links liegen und las lieber geschichtliche Texte, Physik- und Chemie-Lehrbücher von meinem im Jahr zuvor gestorbenen Vater, und auch Lexika: *Der große Brockhaus* in 24 Bänden. Die *Sagen des klassischen Altertums* kannte ich auswendig. Aus der Staatsbibliothek lieh ich mir das Lehrbuch von Herbert Simon über *Kognitive Psychologie* aus und mehrere Bücher über das Thema *Künstliche Intelligenz*, befaßte mich mit dem Konzept der *Turing-Maschine* und dem Problem des *Turms von Hanoi*. Ein altes Buch über *Humangenetik* fand ebenso mein Interesse wie Konrad Lorenz' und Irenäus Eibl-Eibelfeldt's Bücher über die *Biologie des menschlichen Verhaltens*.

Abends lag ich auf dem Bett, die Füße bloß, ein hellblaues Hemd vorne aufgeknöpft. Ich lag auf dem Rücken, den Kopf auf dem Handgelenk. Die dunklen Haare waren mit Gel nach hinten gelegt und über der Stirn etwas nach oben. Den ganzen Abend hatte ich eine Computersimulation gespielt, die Simulation eines Kriegs-U-Bootes im Südpazifik, in dem ich durch immer größere Abschüsse immer höhere *highscores* erreichte. Die Hausaufgaben hatte ich wie meistens nicht gemacht, ich machte sie erst in den Pausen vor den Stunden oder auch gar nicht. Ich dachte nach, und ich sah mich selber: das Gesicht oval und ebenmäßig, die Augen etwas fragend unter der hohen Stirn, die Gesichtszüge angedeutet. Schließlich ging ich ins Eßzimmer und schaltete vorsichtig den Fernseher an, denn alle anderen schliefen schon, und sah mir im Dritten Programm einen Film an.

* * *

Ein paar Monate nach Beginn des Studiums: Am Morgen hatte ich wie so oft die Vorlesungen verschlafen. Gegen Mittag ging ich in die Bibliothek. Die Ströme der anderen Studenten zogen an mir vorbei. Ich fühlte mich wie in einem Raum wie ohne Koordinatensystem, keine Freude, kein Haß, wie ohne Gefühl. Meine Tasche schloß ich in einen Spind ein und suchte mir im Lesesaal einen Platz. Nach flüchtigem Streifen meiner Medizin-Bücher schrieb ich weiter an einem Text, den ich aus eigenem Antrieb für einen Professor am Philosophischen Seminar verfaßte. Darin ging es um einen Algorithmus für ein *künstlich intelligentes* System. Der Text war schwierig. Nachdem ich mich in das aktuelle Problem eingelesen hatte, schrieb ich:

3.1.1. Die Suche bzw. der Vergleich eines Prüfmusters mit den Speichermustern zwecks Feststellung des Ähnlichkeitsgrades läuft wie folgt ab: 1) Begonnen wird an einer beliebigen Stelle des Speichers. 2) Ähnlichkeitswerte (=Differenzen) zwischen Prüfmuster und Speichermuster werden festgestellt.

Abends lag ich allein in meinem Zimmer auf dem Boden und las, aus Mangel an besserer Beschäftigung, in einem Nachrichtenmagazin. Das viele Lesen strengte an, nach dem ganzen Tag, den ich schon lesend in der Bibliothek verbracht hatte, und ich schob die Zeitschrift zur Seite. Ich war enttäuscht von dieser Universität. Von meinen Kommilitonen, von denen die wenigsten mir das Wasser reichen konnten, für die die Universität nur profaner Ort der Berufsausbildung war. Von den Professoren und Dozenten, die so wenig gemeinsam hatten mit dem Ursprung des Geistes, *Hellas*, dem Parthenon der φιλόσοφοι, den Schöpfern vollkommener Architektur, den tapfersten Kriegern Spartas, den größten Denkern seit Platon. Diese unsere Welt, die so wenig Idealismus hatte, in ihr war keine Notwendigkeit mehr für das Außergewöhnliche. Ja, Doktor Faust, dich konnte ich verstehen! Mir war, als müßte ich diese Welt hassen, die mir so unfreundlich und unergiebig begegnete. Ich schrieb:

Prometheus

Atem, Schwindel

Sinken, Blaues Meer

Unendliche See

Licht, blendest du meine Augen?

Mein Kopf schmerzt

Blaues Gold

Einsam und kalt fließen

Ströme aus Blut und aus Stahl

Das Leben: Dornen

Und satte Verschwendung

Willst mich brechen

Freudloses Schicksal?

Dir trotz ich,

Mahlendes Rad!

Glühender Funke

Kristallner Gedanke

Reinster Quell

Dich trink ich!

Die Vorstellung, daß ich aus einer alten Familie stammte, war eine Illusion: ich war (wie Tacitus geschrieben hätte) ein *homo novus* in dieser Welt. Und ohne soziale Einbindung war alle Intelligenz sinnlos und gottlos; Schönheit der in Form gegossene Tod. Ich hatte nicht, einfach im Mittelfeld mitschwimmen könnend, umkompliziert aufwachsen können wie meine *peers*. Ich konnte deshalb nicht auf unbewußte Verhaltensmuster zurückgreifen wie meine Kommilitonen, und das machte es mir schwerer.

Ich mußte, genauso wie ich die Wissenschaft erforschen wollte, meine Umwelt erforschen, die Welt der Menschen, die Spielregeln des sozialen Zusammenlebens, und genauso mußte ich akzeptieren, daß ich selber ein Mensch war. – Das ist Zarathustras Qual: die Einsamkeit des Denkers.

X.

Mitte Dezember kam ich wieder in Deutschland an. Von der Londoner Universität erhielt ich noch ein offizielles Zeugnis, *with high honours*, unterschrieben von einem Co-Autor der berühmten *Netter's Collection of Medical Illustrations*. - Ich fing wieder an, im Labor zu arbeiten. Nach kurzer Zeit sah ich mich umgeben von denselben Leuten, so als wäre ich gar nicht in London gewesen all die Monate. Trotzdem, die Atmosphäre war eine andere geworden: meine Doktorarbeit war praktisch fertig, ich mußte nur noch die Dissertation zuende schreiben. - Silvester verbrachte ich auf einer Party, die zwei Bekannte von mir organisiert hatten. Über Filmprojektoren wurden psychedelische Motive aus den 70er Jahren an die Wände gezeichnet und es gab eine Reihe von gutaussehenden Mädchen, die sich in Schale geworfen hatten. - Am zweiten Neujahrstag begann das zweite Tertial meines Praktischen Jahres in der Inneren Medizin an der Charité.

XI.

Im Unterricht für die Medizinstudenten
des praktischen Jahres, wo mehrere Kurs-
gruppen zusammengefaßt wurden, begegnete
ich wieder meinen Kommilitonen. Es war
ein seltsames Gefühl, jetzt all die bekannten Gesichter in weißen Kitteln zu
sehen – dadurch sahen auf einmal alle so
aus wie richtige Ärzte. – Auf der Station
hatte ich mit einem der Assistenzärzte
Streit, weil ich nicht immer nur Blut abnehmen und Druckverbände legen wollte,
und obendrein noch einen Patienten mit
bakterieller Endokarditis vor dem Schock
retten mußte, weil die Assistenten fast
nie auf Station waren. Der Oberarzt sah
mich jetzt zwar mit andere Augen, aber
ich nahm mir vor, so etwas in Zukunft
besser zu machen. - Ich blickte durchs
Mikroskop auf Blutzellen, einige davon
verändert und vermehrt. Allerdings zeig-

ten diese Blutausstriche nichts Neues. Ich unterhielt mich mit meiner Nachbarin.

* * *

Das Studium war fast zuende, die jetzige Zeit war endlich, bald unwiederbringlich, und was die Zukunft bringen würde, war ungewiß. Wir unterhielten uns immer öfter darüber, wohin wir nach dem Studium gehen würden. Ich wußte, daß ich nur an eine Uniklinik wollte. – Manchmal ging ich abends um acht nach der Klinik noch ins Labor und schrieb weiter an meiner Dissertation.

* * *

Einige Monate nach meiner Rückkehr nach Berlin kam ich, aus Zufall, an der H.-Straße vorbei, und eine vergessen geglaubte Melancholie überkam mich, vergleichbar mit dem Gefühl, wenn man auf einem Friedhof plötzlich die Gräber von Angehörigen findet. Das Haus an der H.-Straße war ihr Grabstein, und über dem Anblick vertrauter Ansichten lagen noch die Spuren ihres einstigen Daseins.

Ich ging weiter, und ließ die traurige Erinnerung hinter mir.

* * *

Für das chirurgische Tertial wechselte ich von der Charité an eines der großen Lehrkrankenhäuser, das Rudolf-Virchow-Klinikum, im Norden der Stadt. Der Tag begann, in weißer Dienstkleidung, mit der Morgenkonferenz um 7 Uhr, danach ging ich auf die Station. Wenn ich dabei aus den großen Fenstern des elften Stocks hinausblickte, dann sah ich das großartige Panorama über die gesamte Stadt. Wegen des Frühjahrs wurde es jeden Morgen früher hell.

XII.

Am Donnerstag, den 13. Mai, fuhr ich spät abends, wieder mit dem Wagen meiner Mutter, an eine Tankstelle. Es war bereits dunkel, obwohl auch die Tage wieder länger wurden, und von der Kälte, die noch vor einigen Wochen geherrscht hatte, war nichts mehr zu merken. Diesen Tag hatte ich von der Klinik frei gehabt, denn es war Christi Himmelfahrt.

Ich hatte statt dessen den Tag im Laborgebäude verbracht, da ich die freie Zeit nutzen wollte, meine Sachen zum Abschluß zu bringen. An der Tankstelle kaufte ich mir eine Zeitung vom Freitag sowie eine Flasche Orangensaft und fuhr gähnend nach Hause. Noch im Fahren trank ich die Flasche aus.

Im Bett liegend, blätterte ich noch in der Zeitung. Ein bißchen was zum Kosovo-Konflikt, ein Bericht von den Filmfestspielen in Cannes, Sportnachrichten, ein bißchen Tratsch - nichts wirklich Bewegendes. Ich blätterte über die Kleinanzeigen, mein Blick blieb hängen - - - nein, es darf nicht wahr sein! Ich will es nicht glauben. Oh Gott, bitte nicht...

Ich las: „Lisa, 19j. Blondine, zärtlich, scharf, ...". Ich wählte die Nummer, hörte das Band ab - kein Zweifel.

Sie ist nicht aus diesem furchtbaren Job ausgestiegen. Ich hatte mich einer schönen Illusion hingegeben. Du dummes Mädchen, warum bist Du nicht in Estland geblieben?

XIII.

Es ging also wieder von vorne los. Wohl ahnte ich, daß dabei nichts Gutes herauskommen konnte, aber ich wußte, daß es mir unmöglich war, nicht noch einmal zurückzukehren. Ich ging jeden Tag um sieben Uhr morgens ins Virchow-Klinikum. Aber die Erinnerung an den vergangenen Juni lebte machtvoll in mir auf, ohne daß ich mich dagegen wehren konnte.

Ich zögerte den Tag hinaus, an dem ich es nochmals wagen mußte. Denn dieses Mal wollte ich nicht wieder durch übereiltes Handeln alles verderben. Ich wollte die Sache überlegt angehen, und erst zu ihr gehen, wenn ich das Gefühl hatte optimal vorbereitet zu sein, und der richtige Augenblick gekommen war. Ich wollte es sozusagen *wissenschaftlich* angehen, wie ein Experiment, das möglichst sicher klappen sollte. Ich kaufte mir für viel Geld einen neuen Anzug und legte mir bei der Gelegenheit auch gleich ein neues *after shave* zu. Abends joggte ich durch den Tiergarten und machte danach an der Schaukel eines Spielplatzes Klimmzüge – aus dem Fitnessclub war ich mittlerweile ausgetreten.

Teils weil ich mir davon eine Art Trainingseffekt versprach, teils um herauszufinden, ob es wirklich *sie* sein mußte, besuchte ich ein paar Kolleginnen von ihr. Diese Begegnungen klappten – rein technisch gesehen – ziemlich gut, nicht zuletzt deshalb, weil ich überhaupt keinen persönlichen Kontakt aufbauen wollte; es war nur eine Dienstleistung gegen Geld. – Eines der Mädchen hatte ich auf einen in ihrem Zimmer herumliegenden Versandhaus-Katalog angesprochen, und sie verstand dies so, daß ich ihr etwas aus dem Katalog kaufen wolle; es tat mir leid, ihr zu erkennen zu geben, daß mir der Katalog nur zufällig aufgefallen war. - Doch wenn ich aus den Wohnungen herausging, dann wußte ich, daß ich dort eigentlich nichts verloren hatte, und wenn, dann eigentlich ganz woanders hin wollte.

Die Sache mit dem Versandhaus-Katalog brachte mich auf eine Idee, denn ich dachte, was die Mädchen als tatsächliche Gegenleistung von den Männern empfinden, ist das Geld, oder die materielle Zuwendung, und dieses ganze Geschäft ist zwar eine deutlich ernüchterte Vereinfachung des klassischen Zusammenlebens von Männern und Frauen, ein überzeichnetes Bild, aber nichts vollkommen Neues. Naive Liebe zwischen zwei Seelen mag das Ideal sein, aber der Mensch ist auch ein biologisches Wesen, und so wie Männer zunächst auf optische Reize der Frauen ansprechen, so sind Frauen umgekehrt traditionell mit Stellung und Versorgerlaune zu beeindrukken. Es wäre mehr als leichtsinnig gewesen, einfach nur zu ihr hinzugehen, und zu glauben, alles ergäbe sich schon von selber, ohne daß ich ihr auf übliche Weise den Hof machte. Ich kaufte also, nach einigem Überlegen, eine kleine Handkette, vom Design ein Klassiker, ein schmales Kettchen, aus 585er und nicht aus 333er Gold.

Doch wie würde die Begegnung ablaufen? Es konnte doch eigentlich nur so werden wie die vorigen Male. Entweder würde die Tür nicht aufgehen, oder ein anderes Mädchen würde öffnen und sie mehr oder weniger freundlich verleugnen. Sollte ich mich verkleiden, mir einen Bart wachsen lassen und eine Sonnenbrille aufsetzen? Doch würde sie mich dann abweisen müssen, da sie mich auf keinen Fall sehen darf? Ich dachte mir also, einen Brief zu schreiben, den ich in dem einen Falle zusammen mit dem Kettchen unter der Tür hindurch schieben könnte, im anderen Falle der Vorzimmerdame ebenfalls mit Geschenk übergeben könnte, vielleicht noch mit einer kleinen Bestechung, damit sie sich über das Gebot des „Bosses" hinwegsetze. Es bestand dabei natürlich die Gefahr, daß der Brief bei dieser konspirativ wirkenden Bitte an den „Boss" weitergeleitet würde, und das Goldkettchen einen anderen Empfänger erreichte.

An dem Brief formulierte ich lange. Schließlich schrieb ich mit schwarzer Tinte auf weißes Papier diesen Brief:

Hallo, hübsche Lisa,

wir hatten uns vor einem Jahr schon mal gesehen, und ich hatte das Gefühl, daß Du das süßeste Mädchen bist, das ich jemals kennengelernt habe - deswegen wollte ich

Dich zum Essen einladen, aber Du konntest oder durftest Dich nicht mit mir treffen.

Vielleicht werde ich ja mit jemandem verwechselt, darum zu mir: ich komme aus Berlin, studiere Medizin, und werde in einem ½ Jahr anfangen, im Krankenhaus zu arbeiten.

Jetzt habe ich vor kurzem wieder Deine Anzeige in der Zeitung gefunden, deswegen <u>muß</u> ich es jetzt noch einmal bei Dir versuchen - tut mir leid, ich kann Dich einfach nicht vergessen!

Wenn Du Lust hast, kannst Du mich anrufen unter 0171/480... (G.), ansonsten probiere ich es in ein paar Tagen noch mal an Deiner Tür, hoffentlich mit mehr Glück...

Also vielleicht bis bald, ich hoffe Dir geht's gut

Dein G.

Ich steckte den Brief in einen Umschlag und versah ihn mit der Aufschrift „Lisa".

XIV.

Am zweiten Sonntag, nachdem ich ihre Anzeige gelesen hatte, war es soweit. Draußen war schönes Wetter, es war Mittags-
zeit. Ich zog über ein grünes T-Shirt die
dunkelblaue einreihige Jacke meines neuen
Anzugs an, und trug eine silbergraue weite Jeans. Zusammen mit dem Brief steckte
ich das in eine Geschenkschachtel ver-
packte Kettchen ein.

In den Tagen zuvor war ich mehrmals an
ihrer neuen Adresse vorübergegangen. Sie
war jetzt in dem Nachbarhaus, auch ein
Gründerzeit-Altbau; aber statt einer Wohnung im 1. Stock war der Eingang im Souterrain.

Ich stelle das Auto wieder auf dem bekannten Parkplatz ab. Es ist halb zwei.
Bedächtig steige ich aus dem Wagen, stek-
ke umständlich das Geschenk und den Brief

in meine Jacke. Mit langsamen Schritten gehe ich die zweihundert Meter bis zu ihrer Tür. Ich komme an der H.-Straße Nr. 1 vorbei. Daß es nochmals so losgehen würde - wer hätte das gedacht? Schließlich gehe ich die drei Schritte hinunter und klingle.

Nichts passiert. Ein unangenehmes Warten, weil einen jeder auf der Straße sehen kann. Ich klingle noch mal, und warte eine Minute. Nichts. Dann gehe ich zurück zum Wagen.

XV.

Am darauffolgenden Donnerstag, nachdem
ich den ganzen Tag im Krankenhaus gearbeitet hatte, und zu Hause angekommen
war, zog ich mir ein weißes Hemd und die
silbergrau gestreifte, gutgeschnittene
Hose an. Nach dem Gregorianischen Kalen-
der war es noch Mai, nach alter Schrei-
bung aber bereits *ante diem VI Kalendas
Iunias*. Wieder fuhr ich zu ihrer Wohnung.
Wieder einmal war es ein heißer und sonniger Tag gewesen. Es war halb acht Uhr
abends.

Vielleicht war sie ja letztes Mal wirklich nicht da. Hat noch geschlafen. Jetzt
bin ich wieder nervös. Wenn es jetzt auch
nicht klappt, dann sollte ich wirklich
den Brief unter der Tür hindurchschieben.
Andererseits – man könnte auch langsam an
der Sinnhaftigkeit dieses Unternehmens

zweifeln. Wenn sie die Tür nicht öffnet, wie vor einem Jahr, dann ist das auch eine Botschaft. Ich gehe die Stufen hinunter zum Souterrain. In der Hand halte ich Geschenk und Brief. Wieder einmal klingele ich. Sekunden verstreichen.

Doch - die Tür öffnet sich, nach innen. Man kann nicht erkennen, wer öffnet. Ich trete in den Raum ein. Und da steht - *sie*!

* * *

Wir standen in einem kleinen Vorraum, von dem zwei Flure abgingen, der eine geradeaus, der andere nach rechts. Eine Art Empfangstheke stand auf der gegenüberliegenden Seite. Das Innere des Souterrains machte einen deutlich edleren Eindruck, als von außen zu befürchten war. Die Wände waren mit hellem Fichtenholz vertäfelt, wie in einer Sauna. Man kam sich sogar vor, als sei man - lag dies an der noch heißen Sonnenstrahlung ? - in einem skandinavischen Ferienhaus. - Die Tür hatte sie mittlerweile wieder zugemacht. Sie guckte mich freundlich lächelnd an; das Lächeln einer Sphinx, wartend der Dinge, die da kommen würden.

„Äh, hallo", stotterte ich, „du kennst mich" - sie guckte mich fragend freundlich an - „ich war vor einem Jahr schon mal da, und da wollte ich dich zum Essen einladen, aber du konntest irgendwie nicht..."

Ich schaute sie an, und ich erkannte sie wieder; ich hatte sie nicht falsch in Erinnerung gehabt, doch ich mußte sie von neuem ersehen. Sie war mittelgroß und stand auf hohen Absätzen, eine erstklassige Haltung; den Kopf hielt sie ganz gerade. Ein hübsches Babyköpfchen, schlank und wie ein Kindergesicht, mit ganz glatter Haut, umgeben von dicht um den Kopf gelegten, leicht gewellten, strohblonden Haaren, hellgoldene Strähnen über mittelblonden. Ihre Haare waren jetzt etwas länger, sie hatte sie mit bunten Haarklammern seitlich gescheitelt und hinten zu einem kurzen Pferdeschwanz gesteckt. Eine hohe, gerade Stirn, blaue Augen, runde und hochstehende Wangen, die leicht hervortraten, ein spitzes Stupsnäschen, darunter ein kleiner hübscher Mund. Das ganz ebenmäßige Gesicht, perfekt in seinen Proportionen, hatte weiche Rundungen im Schädelknochen, die Augen lagen etwas in der Tiefe, zwischen gerader Stirn und runden Wangen, was im Profil mit den langen Wimpern, der kleinen Stupsnase und den glänzenden Mädchen-Lippen eine hübsche Impression ergab; gleichzeitig außerordentlich schön und niedlich; aber eine Fremdheit der Züge, zwischen nordisch und baltisch, eine estnische Verwirrung, nicht irgendwie künstlich blondiert, sondern alles hell, Haare, Haut, blaue Augen, und die Züge und Formen von einer ungewohnten Zartheit und Eleganz: ein Kopf wie ein süßes blondes Kind. Sie war wie damals solariumgebräunt, und von sehr schlanker Figur, ein langer Hals, ein feiner Brustkorb, die Schultern schmal, die Wirbelsäule ganz gerade, an Hüften und Oberschenkeln die richtigen Proportionen, stolze 172 Zentimeter, und davon ging ein Gutteil in die langen Beine: wie eine Eiskunstlauf-Prinzessin, ein Glamourgirl in sexy Klamotten, vielleicht ein Ibiza-Partygirl, mit mädchenhafter Bunte-Haarklammern-Frisur. Sie trug einen weißen BH, einen hellgrauen Minirock, und hochhackige Pumps, sonst nichts.

Ihre meerblauen Augen blickten aus der Tiefe des Kopfes, den sie etwas gesenkt hielt, und sie guckte von unten hinauf, aber sie guckte mir ohne Scheu direkt in die Augen. Ihre Mädchenlippen lächelten ein bißchen spöttisch, ein bißchen verschmitzt, schelmisch, hintersinnig, ich sah ihre lustigen Kinderzähnchen, scheinbar schüchtern-kokettierend wand sie die Schultern, auch das Gesicht, der bildhübsche Kopf neigte sich zur Seite. Doch ihre Bewegungen waren ganz ruhig. Sie hatte ein blumiges Parfüm (mit einer Bonbon-Note). Ihr Lächeln war naiv und zugleich distanzlos. Sie senkte zwar den Kopf, nahm aber sofort den Kontakt auf und hielt ihn fest, sah mir mit einer Arglosigkeit in die Augen, wie man sie nur von kleinen Mädchen kennt, in der Vorfreude, gleich zum Tanzen aufgefordert zu werden, doch mit einem kaltblütigen Bann, der wissen will: „Mein Liebster... wie steht es mit uns beiden? Was wirst Du mit mir anstellen?" Und allerdings signalisierte ihr hochgewachsener und proportionierter Körper, daß hier kein Kind stand, sondern eine junge Frau; von ihrer Art, von ihrem Lächeln ein niedlicher, vielleicht etwas zu erfahrener Teenager, von ihrem Aussehen ein nymphengleiches Liebesgeschöpf. Eine richtig *scharfe Puppe.* Ihr Blick hatte nun ein zwar lustiges, doch hintergründig müdes Lächeln, wie eine überarbeitete, fleißige Sekretärin, die fürs Diktat zum Chef gerufen wird, und mit verspielter Dienstbeflissenheit den zu erwartendend originellen Text mitschreiben will. Oder die zuckersüße Bedienung, die servicebereit auf die Bestellung wartet, doch sich dabei, ausstrahlungsgewiß, schalkhaft ihrer inneren Überlegenheit bewußt ist und lächelnd abwarten kann. Dann wieder schien sie auch mit gesenkten Augen zur Seite zu blicken, und ich sah im Profil ihre langen dunkelbraunen Wimpern. - Vielleicht guckte sie aber auch einfach nur so, ganz ruhig, und empfing den soundsovielten Besuch des Tages; dies war alles nur Routine, die gewohnheitsmäßig gute Miene zu immerdemselben Spiel.

Sie war zweifellos sehr hübsch, aber - und das war der Unterschied zu dem Bild in meinem Kopf - sie war ein Mensch, und nicht die absolut perfekte Schaufensterpuppe, als die ich sie in Erinnerung hatte. Kleine Schönheitsfehler fielen mir auf, so wie das Leben nicht vollkommen sein kann: Zwischen ihren lächelnden Lippen sah ich einen Hauch von Grauschleier über ihren kleinen Zähnen, vom Rauchen, und an ihrer schmalen Schulter fand ich eine kleine Unebenheit, wie nach einem entfernten Leberfleck, und über ihre schöne Stirn zog sich eine dünne, dünne Sorgenfalte. In ihrem Gesicht und in ihren Bewegungen sah man das nette Mädchen, vielleicht aus der kleinen Stadt, das für ein halbes Jahr als *au-pair* nach Frankreich geht, oder vielleicht eine fleißige Studentin an einer Hochschule Osteuropas. Tatsächlich sah sie jetzt eher aus wie 20 als wie 16, ein 20jährige Frau - jung und hübsch. In ihrem wenig schamhaften Aufzug, und mit dem schon ein wenig liederlichen Blick, wirkte sie nun doch etwas wie vom horizontalen Gewerbe. Man mochte einen Augenblick denken wollen, Mädchen-warum-machst-ausgerechnet-du-diesen-Job, aber nichts deutete darauf hin, daß sie mit ihrer Umgebung nicht einverstanden war. Sie mochte bei aller *sexyness* kindlich-niedlich aussehen, oder vielleicht privat, distanzlos wie Nachbars Tochter im Sommerhaus, aber eine kindliche Unschuld war sie nicht, sie wirkte jetzt ziemlich *easy-going*. Vielleicht war es in gewisser Weise eine Erleichterung, daß mit ihr nicht eine Computersimulation aus dem Kabinett der Wunschgedanken vor mir stand. Doch das war es nicht wirklich – sie war immer noch schön genug, um einem bange zu machen, und sie war auch ein auf einmal sehr lebendiger Traum, ein tatsächlicher Mensch, dessen reale Ausstrahlung reale Handlungen gebot – *Lara Croft* hätte sich im Zweifelsfalle noch per Mausklick bedienen lassen.

Indifferent guckte sie mich an, halb Lächeln, halb nichtssagend. Ein Ausdruck schien über ihr Gesicht zu huschen, dann nahm sie wieder ihre vorherige Miene ein.

„Ja, ich erinnere mich", sagte sie. Auch ihre Stimme wirkte durch den langsamen, zärtlichen melodisch-estnischen Akzent ziemlich sexy, und besonders das „sch" lispelte sie auf sehr süße Weise. – Die Wiedersehensfreude schien allerdings nicht überwältigend zu sein, eher freundlich-gleichgültig – und es schien auch keine Notwendigkeit zu geben, meine Anwesenheit vor irgendwelchen Bossen zu verheimlichen...

Ich guckte ratlos mal auf sie, mal auf die Wand, und die Sekunden tickten irritierend dahin. Der Augenblick dehnte sich.

„Und was nun?" fragte sie schließlich.

„Äh, ja...", formten meine Lippen Worte, wo das Gehirn sich nicht zu einem Satz entschließen konnte. Sollte ich ihr jetzt gestehen, daß ich mich unsterblich in sie verliebt hatte? Was die Begegnung vor einem Jahr alles in mir ausgelöst hatte? Oder was?

„Ist das alles was du willst, *essen gehen*, sonst garnichts?" fragte sie gelangweilt, und ihr Blick ruhte mit einer unterschwellig ungeduldigen Spannung auf mir. Die Situation mußte sich schnellstmöglich in gewohnte Bahnen auflösen.

Ich ruckte auf. „Nein, natürlich nicht... du willst jetzt sicher Geld von mir haben?" sagte ich zerknirscht. Wir waren hier nun mal im Puff. Ich machte Anstalten, mein Portemonnaie aus der Hosentasche zu holen.

Sie nickte unmerklich, und verzog bestätigt die Mundwinkel zu kleinen Grübchen. „Willst du erst mal hereinkommen?"

„Ja."

Sie ging in den einen Gang, und ich folgte ihr. Mein Blick streifte sie kurz: Unter der Lordose ihrer schmalen Taille hob ihr fester runder Mädchen-Hintern den kurzen Rock, als Gegenstück zu dem Pferdeschwänzchen, und wippte wie ein schwimmendes Entchen über ihren langen Beinen. - Wir gingen an Türen und einem Seitengang vorbei. „Oh, ganz schön groß hier", sagte ich, und sie schien im Vorangehen zuzustimmen. Der Flur führte uns in ein Zimmer, das wie üblich von einem großen Doppelbett beherrscht wurde, in diesem Falle ähnlich einem japanischen Futon-Bett, mit knallroten Laken bespannt. Die Wände waren hellbraun gestrichen. In einer Ecke stand ein Kleiderschrank, daneben eine *Karstadt*-Plastiktüte. Das

Fenster war mit weißen Vorhängen licht-
durchlässig, aber blickdicht verhangen.
An der Wand zur Fußseite des Bettes waren
auf Augenhöhe zwei große Spiegel ange-
bracht, die den Namen einer Kosmetikfirma
trugen. Über den Spiegeln hing eine Lich-
terkette, wie man sie an Weihnachtsbäume
zu hängen pflegt, und unter den Spiegeln
war ein langes Bord befestigt, auf dem
eine Ansammlung von Dutzenden Parfümfläschchen verschiedenster Marken und
Größen aufgestellt war. An der Wand über
der Kopfseite des Bettes hingen, mit
Reißzwecken fixiert, Seiten aus dem *Play-
boy*. Trotzdem - lag das auch an ihrer Anwesenheit? - wirkte das Zimmer mehr wie
der Schminkraum einer Schauspielerin oder
eines Models.

Nach wie vor hatte sie den undurchsichti-
gen Gesichtsausdruck einer Sphinx. Sie
setzte sich seitlich an das Fußende des
Bettes, und ich fühlte mich bemüßigt, an

der gegenüberliegenden Seite Platz zu nehmen. Doch die Matratze war weicher als erwartet, und ich kippte fast nach hinten. Sie nahm es mit einem Lächeln zur Kenntnis, blieb aber ganz die überlegene Stewardeß, wie beim Einsteigen der Gäste ins Flugzeug. Dann sagte sie einen Satz herunter von „Französisch mit Gummi und Verkehr hundert Mark".

„Hundert Mark?" Ich stand auf, zog mein Portemonnaie hervor, fischte einen Hunderter heraus, und reichte ihn ihr, mit einer trotzigen Miene, am ausgestreckten Arm. Sie steckte ihn ein und ging zur Tür. Wie beim ersten Mal fragte ich: „soll ich mich schon mal ausziehen?" und guckte sie und einen Stuhl an. Sie nickte mir lächelnd zu und ging hinaus.

Ich lag auf dem Bett, und sie kam wieder herein. Sie hatte nur noch den Slip an, zog ihn aus, und lächelte mich wieder an.

Ein lustiger Mädchen-Charme, eine süße Kindlichkeit, aber sie war ein nackter Engel, mit spitzen Brüsten und schlanken Modelmaßen, fast magersüchtig, was sie ein bißchen schutzbedürftig und zerbrechlich wirken ließ, *teenagerlike*, so, als sei man nach der Turnstunde versehentlich in die Mädchen-Umkleide gestolpert. Ein Körper, schöner anzuschauen als eine Alabaster-Nymphe, aber (anders als eine Statue) in ruhiger und sicherer Bewegung, wie ein junges Tier – ahnungslos nackt, eine faszinierend neue Wahrnehmung von *homo sapiens*. Ein bißchen erschreckte mich die Vorstellung, daß ich mit diesem Geschöpf, das mir in Gedanken so oft begegnet war, gleich tatsächlich Sex haben würde. *Ich kann es nicht fassen,* daß dieses süße blonde Mädchen, dieses zauberhafte schlanke Wesen, eine Prostituierte ist. Sie freut sich wirklich, daß ich da bin, und sie lächelt mich ganz lieb an wie eine Kindergärtnerin, mit der ich anfangen soll zu spielen. Was geht nur vor in diesem Kopf, hinter dem unschuldigen und sympathischen Lächeln, welche rätselhaften Gedankengänge laufen in diesem wunderhübschen Wesen ab? Ist ein Mädchen wie Du nicht jedermanns Traum, und sollte ein Mädchen wie Du sich nicht einem vernünftigeren Zeitvertreib widmen? – Sie kam zu mir, und ich stellte mich ganz auf ihr Spiel ein. Doch plötzlich hielt sie inne, und grinste mich mit leicht zur Seite geneigtem Gesicht an:

„Willst du nicht etwas runter kommen mit deinem Kopf?"

Ich schaute nach oben, und tatsächlich: mein Kopf lag unmittelbar vor der Wand. „Oh, ja." Ich rutsche etwas mehr fußwärts. Ich war wieder ein bißchen der dumme Junge, der sie wie eine Klavierlehrerin anschaute.

Aber es gefiel mir nicht, in dieser Position zu sein. Ich ruckte mich, und sie

schaute mich verdutzt an, und ich lenkte
sie auf die Seite. Sie begriff, was ich
wollte, und legte sich auf ihren Rücken.

Es dauerte mindestens zwanzig Minuten.
Ich war zuerst ganz vorsichtig. Ich achtete auf den Duft ihrer Haut, er war be-
ruhigend gut; nach blasser Jungfern-Haut,
wie das salzige Meer, aus dem das Leben
entsprungen ist. Manchmal schaute ich in
ihr hübsches, süßes Mädchen-Gesicht, das
feingeschnittene wie Porzellan, weich wie
eine ovale Skulptur, manchmal schaute ich
seitlich an ihr hinab, an der zarten *vena
jugularis externa*, die sich schnurgerade
seitlich an ihren langen Hals entlangzog.
Ich sah die zarten Schlüsselbeine, ihre
kleinen Brüste auf dem sonst rippigen,
zerbrechlichen Brustkorb, sah, wie ihre
schmale Taille unter mir verschwand, und
dann das durch die enge lordierte Taille
und den flachen Bauchnabel breite, schön
runde, aber wohlgeformt schlanke Becken,

von dem sie die Oberschenkel abgewinkelt hatte. Sie lag mit kleinen wiegenden Wellenbewegungen unter mir, die Augen geschlossen, die Wimpern zitterten über den Lidern, die Lippen eine Spur geöffnet, und bebten atem-hauch-feucht. Obwohl (oder gerade weil) sie eigentlich als ein im Grunde zurückhaltendes und empfindliches Mädchen wirkte, war sie in ihrer zärtlich-mitspielenden Art vollkommen und ohne jede Hemmung oder Verklemmtheit, und ich hatte das Gefühl: es gefällt ihr, sich in dieser langsamen Blümchen-Nummer hinzugeben.

Die Welt um uns verging. Die Schönheit ihres Körpers rief ein Gefühl legitimer Harmonie hervor, einer jenseits individueller Erfahrung liegender Richtigkeit. Die weißen Knochen wie ein Mercedes SSK, lebendigheiße glatte Haut, nackenlange blonde Haare, wie ein kleines Mädchen gesteckt, blaßrosa Lippen, porzellanene

Zähne, die katalepsierenden Zauberkreise träumerischer Augen, die Farben blond-blau-solariumbronze. Doch das Entscheidende waren die richtigen Proportionen, das Wahrnehmen genetisch vorbewußter Linien. Der Bildhauer war wichtiger als der Maler. Was mögen Männer an schönen Frauen, und warum mochte ich so sehr gerade dieses schlanke goldblonde Mädchen mit zartem Brustkorb und scharfem Hinterteil? Die Soziobiologen scheinen die ernüchternde Antwort zu wissen: Körperliche Attraktivität entsteht durch bestimmte Verhältnisse der Körperlinien, die den genetisch idealen Reproduktionspartner signalisieren. Wie profan. Ein hübsches Gesicht ist ein am meisten ebenmäßiges und gleichzeitig ein kindliches, blond wirkt unschuldig, schlanke Statur und lange Beine wirken jung, und ein schöner Hintern läßt auf andere Weise an Kinder denken. Es ist nichts Neues, es ist immer wieder dasselbe, aber genau das ist es, worauf es ankommt?

Doch war es wirklich nur ihre Schönheit gewesen, die mich so magisch angezogen hatte? War es nicht auch ihre lustige und etwas schnippische Miene gewesen, ihr Stil, sich zu kleiden, ihr Gang, ihre Stimme, ihr verruchter Beruf, ihre hemmungslose, ihre ordentliche, ihre fleißige, ihre unkomplizierte, ihre liebevolle, und ihre traurige Art? Und ihre Intelligenz - wer kann schon nach sechs Monaten so gut Deutsch? Und war es schließlich nicht auch das Gefühl gewesen, da ist ein zerbrechlicher, kindlicher Mensch, ein hübsches Gänseblümchen, Spielball der Mächtigen, von einer leicht verletzbaren Gutartigkeit, einer Harmlosigkeit des Charakters, die, verbunden mit der Einsamkeit in einem fremden Land, leicht in Gefahr ist, ausgenutzt zu werden?

Wir waren denkbar nah aneinander, ihre Haut klebte heiß an meiner Haut, jede Bewegung ging von mir zu ihr wie von ihr zu mir, und das Gefühl eines eigenen Körpers zerfloß, ein glühendheißes Verschmelzen. Tausend Gedanken habe ich an Dich gedacht. In Erinnerung an Dich hat sich meine Sehnsucht in den verlassensten Meerfluchten meiner Seele vergraben. Doch nun liegst Du vor mir, und Du bist nicht bloß eine Phantasie gewesen, sondern Du bist ein richtiger Mensch, ein richtig süßes Mädchen. Was für eine seltsame Laune des Schicksals, daß ich Dich wiedergefunden habe.

Ich war nicht mehr so vorsichtig. Sie gab leise Seufzerlaute von sich, und in ihr schnürte es sich so eng um mich, daß es fast schon einzuschneiden schien. Wir waren schweißnaß. Sie war wieder ruhiger geworden. Ich löste mich und setzte mich wie letztes Mal vor sie auf die auseinandergewinkelten Schienbeine. „Und was machen wir jetzt?" fragte sie neugierig. „Es dauert ganz schön lange was? Du machst mich nervös", sagte ich. „Wieso?" lächelte sie. „Weil du so schön bist", antwortete ich, und das war nicht gelogen. Eine Niedlichkeit, die man nicht beflecken will. Das ist zwar biologisch unsinnig, aber die hübsche und wohlerzogene Tochter des Herrn von *Graharz* bewundert *König Gahmurets* Sohn viel zu sehr, als daß er einfach so mit ihr schlafen kann. Sie guckte mich an, lächelte, und tippte mit dem Finger auf meine Stirn. „Nein, ich bin nicht schön." „Doch, das bist du!" „Nein, ich sehe nicht außergewöhnlich aus" murmelte sie bescheiden. Schließlich zog sie das Gummi ab, setzte sich, auch auf ihre Knie, dicht vor mich, elegant und distanzlos, und machte mit der Hand weiter. Der Kitzel wurde immer stärker - * * * -, und sie lächelte mich zufrieden an.

Sie warf die Handtücher in einen Korb, und fragte wie voriges Mal: „willst du dich waschen?" Ich war noch leicht benommen, sah eigentlich auch keine Notwendigkeit, und antwortete zögerlich: „Mm, ich weiß nicht..." Sie lächelte: „Nicht waschen?" „Doch, ich will mich waschen" gab ich nach. Ich folgte ihr in einen anderen Gang, der uns in ein mit wassergrünen Kacheln ausgekleidetes Badezimmer führte. Das Bad sah ziemlich nobel aus, und war mit diversen Handtüchern und Waschlotionen bestückt. Bei Waschbecken, Dusche und Mobiliar schien geradezu ein Innenarchitekt zugange gewesen zu sein. „Hm, nicht schlecht!" meinte ich beeindruckt, doch sie winkte ab, fast schon gereizt: in ihren Augen schien es in keiner Weise etwas Bewundernswertes zu sein. -

Ich ging zurück ins Zimmer. Sie war noch nicht da. Ich zog meine Shorts an, ging

hinüber zu dem Bord, um mir die Parfümfläschchen anzugucken. Als ich mir gerade
das Hemd zuknöpfen wollte, kam sie herein. Sie hatte nichts an. In ihren Händen
hielt sie eine Schachtel Zigaretten.

„Rauchst du?" fragte sie.

„Nein, nicht mehr."

„Stört es dich, wenn ich rauche?"

„Nein, du kannst gerne rauchen",
sagte ich generös.

„Willst du was trinken? Mineralwasser?"

„Kann ich auch eine *Cola light* haben?"

„Ich habe *nur* Mineralwasser", meinte sie streng.

„Dann Mineralwasser bitte", beeilte
ich mich zu sagen. Sie ging hinaus.

Aus meinem Kleiderstapel suchte ich die
Schachtel mit dem Armband heraus, und
legte die Schachtel auf das Bord. Ich
machte sie auf, schaute mir das goldene

Kettchen an, und schloß den Deckel wieder. Sie kam wieder herein, stellte mir ein Glas und eine 330-ml-Flasche Mineralwasser auf das Bord. Dann steckte sie sich eine lange schneeweiße *Davidoff* (die mit den zwei silbernen Ringen am Filterende) in den Mund. Auf dem Bord lag ein Feuerzeug, und ich reichte ihr Feuer.

Es war ein Augenblick, der mich nervös machen mußte. Ich hielt die Schachtel ein wenig hoch, legte sie zurück auf das Bord, und sagte verlegen zu ihr: „Das ist für dich". Ich goß mir Mineralwasser ein, ging an ihr vorbei, und nippte an dem Glas.

Sie guckte ein wenig überrascht, öffnete die kleine Schachtel, und erkannte, daß es eine goldene Kette war.

„Oh, ist das für die Hand?"

„Ja."

„Oh, das paßt gut, denn ich habe meine gerade verloren", meinte sie mit einem Anflug von schelmischem Lächeln. Ich dachte an das Kettchen, das sie vor einem Jahr noch getragen hatte.

Sie legte sie sich um das Handgelenk. Dann wandte sie sich zu mir: „Machst du sie zu?"

Ich stellte das Glas auf dem Bord ab, und mit etwas unbeholfenen Fingern schloß ich das Kettchen. Es schien ihr zu gefallen. Ich nahm das Glas wieder in die Hand und ging zur Seite.

Nach einem Augenblick trat sie, mir in die Augen strahlend, an mich heran, und sprach mit grausam-schönem routiniertem, den *Monte-Carlo*-Sieger belohnenden Luxus-Mädchen-Charme: „Vielen Dank!", und küßte mich auf den Mund. Ein Kuß wie zum siebzehnten Geburtstag von meiner damaligen Angebeteten.

Sie ging nochmals kurz aus dem Zimmer, und ich hielt solange ihre brennende Zigarette. Ich trank das Mineralwasser aus. Mit einem Aschenbecher kam sie herein, und legte sich seitlich auf das Bett. Die Knie winkelte sie leicht an, und stützte sich auf den linken Ellbogen, in den rechten Hand die Zigarette, und ließ den schlanken rechten Oberschenkel etwas nach vorne fallen. Sie hatte immer noch nichts an. Schon ein bißchen „Schlampe am Nachmittag", aber in dieser Zwanglosigkeit auch privat – oder intim. Sozusagen aus Höflichkeit streifte ich das Hemd wieder ab, worauf sie kurz irritiert guckte, und ich legte mich, ihr zugewandt, neben sie auf die andere Hälfte des Bettes. Sie zog an ihrer Zigarette.

Wir guckten uns in die Augen. Sie lächelte interessiert und sah mich mit ruhigem Blick an; ein süßes Lächeln zwischen den runden Wangen, unschuldig und voller Sympathie. Ihr Lächeln war nun kein Prostituierten-Lächeln mehr, kein Rätsel der

Sphinx, kein Moorblick einer Nymphen-Gottheit: Nun war sie sterblich, noch ein hübsches blondes Mädchen, ein nettes Mädchen, nicht mehr erblendend schön, aber ein wirklicher Mensch, und es war das schönste Lächeln überhaupt.

Doch weiß ich nicht, ob ich diesen Augenblick wirklich gleich begriff. - Das wurde nun also das klassische Gespräch *danach*, schien es mir. James Bond liegt mit seiner Gespielin auf dem Lotterbett. „Oh James...". Meine hübsche kleine *Louison O'Murphy*.

„Hast du noch einen zweiten Beruf neben diesem", begann ich.

Sie schüttelte mit dem Kopf.

„Machst du noch eine Ausbildung?"

„Nein", lächelte sie ein bißchen traurig, „ich habe nichts gelernt."

„Und wenn du es dir aussuchen könntest, welche Ausbildung würdest du dann machen wollen?" - Sie guckte zögernd zur

Seite. - „Verdienst du denn genug mit diesem Job, soviel wie du es dir wünschst, so daß es sich lohnt?" fragte ich besorgt.

Diese Fragen schienen widersprüchliche Regungen in ihr in Gang zu setzen, und ihr Gesicht zeugte vom angestrengten Suchen nach den richtigen Worten. Nein, genug Geld bekomme ich natürlich nicht, schien sie zunächst zu sagen wollen. Doch dann sagte sie ein bißchen schläfrig: „Ich brauche keine Ausbildung... ich kann alle Arbeiten machen."

Das gefiel mir nicht, daß ein so hübsches Mädchen sich nicht als zu schade für offenbar einfache Tätigkeiten empfand. - Sie guckte mich an. „Ich bekomme auch ohne Ausbildung die Arbeit, die ich machen will... ich habe auch schon mal in einer Bar gearbeitet, bevor ich hier war."

„Oh, in einer Bar?" Ich dachte, da muß sie als Bardame gearbeitet haben, in einer Cocktailbar oder in einer Disco.

„Aber ich habe hier immer viele Besucher", sagte sie nicht ohne einen gewissen Stolz.

„Kannst du Cocktails mixen? Zum Beispiel *Caipirinha*?"

„Nein..."

„Wie, du hast in einer Bar gearbeitet, und kannst keine *Caipirinha* machen?" nahm ich sie lächelnd ein bißchen auf die Schippe. „Das ist doch ganz einfach: Rohrzucker, Limonen, Eis, und... Alkohol..." - Sie nickte lächelnd. „Oder *Bloody Mary*?", weil mir gerade *Bloody Mary* einfiel.

„Doch, *das* kenne ich... aber es war eine private Bar. Eine private Bar nur für Geschäftsleute, die meiner Mutter gehört...". Ihr ernsthafter Blick war so, als sei sie durchaus stolz darauf, daß die Bar ihrer Mutter gehörte.

„War ich eigentlich der einzige, der dich zum Essen eingeladen hat?" fragte ich.

„Ja."

„Oh."

Sie schlug die Augen nieder und drückte ihre Zigarette in dem Aschenbecher aus. „Nein, ich habe gelogen."

„Was?"

„Ich habe gelogen" wiederholte sie und guckte mich kurz an. Sie machte ausweichend eine Bewegung mit der Hand. „Ich bekomme hier ständig Einladungen zum Essen, ich soll hier hin und dort hin..." sagte sie, und sie schien darüber sowenig Begeisterung zu empfinden, wie das hübsche Mädchen, das es gewohnt ist, ständig in der Disco angesprochen zu werden. „Aber" - lächelte sie mir kurz in die Augen - „ich gehe nie hin."

„Wie? Du wirst zum Essen eingeladen, und gehst dann nicht hin? Warum nicht?"

Sie zuckte lächelnd mit den Achseln. „Ich bleibe lieber hier - ich gehe da dann einfach nicht hin."

„Mm, mit wildfremden Leuten würde ich natürlich auch nicht einfach irgendwohin gehen. Man weiß ja nie, wen man da vor sich hat."

Doch sie schüttelte mit dem Kopf. Das war es nicht. Da schien sie keine Angst zu haben. Sie wußte, daß ihr bei ihren Kunden nichts passieren würde. „Ich will das einfach nicht", meinte sie. Ich konnte sie verstehen. Sie wollte keine privaten Beziehungen zu ihren Freiern aufnehmen. Das wäre unprofessionell. Ein Arzt würde auch niemals mit seinen Patienten ausgehen. Man kennt sich einfach über ein andere Ebene.

„Ich habe auch ein Kind", sagte sie plötzlich und mit Nachdruck.

Ich war zwar überrascht, aber vielleicht machte es sie sogar noch attraktiver, eine hübsche Mami zu sein. Trotzdem erwiderte ich etwas beleidigt: „Und dann hast du sicher auch einen Mann?"

Sie schüttelte den Kopf: „Nein."

„Aber einen Freund hast du?"

„Ja", meinte sie etwas zögerlich. Gemessen an ihrem vorherigen Bekenntnis zur Wahrheitsliebe klang es allerdings nicht restlos überzeugend.

Ich nahm wieder demonstrativ einen leicht beleidigten Tonfall ein: „Und irgendwann wirst du ihn heiraten."

„Nein", antwortete sie bestimmt, „heiraten werde ich nicht."

„Warum nicht?"

Sie blickte mich tief an. „Nur damit ich einen Tag ein schönes Kleid anhabe? Nein. Dafür muß ich nicht heiraten. Ich brauche keinen Schein. Wenn zwei Menschen sich gefunden haben, dann brauchen sie keinen Schein, damit sie wissen, daß sie zusammengehören."

„Hm ja, doch, da hast du recht, das stimmt", bestätigte ich sie.

„Na gut, dann rate mal, was ich mache!"

Sie guckte mich an. „Du bist Student?"

„Ganz genau, ich studiere, aber ich arbeite auch parallel dazu." Ich wollte nicht als der mittellose Student dastehen, und was ich sagte, stimmte ja auch.

Ein zögerndes Fragezeichen stand in ihrem Gesicht. „Du machst eine - Schulung?"

„Nein, ich studiere sowohl an der Universität, als auch arbeite ich in einem Labor am Universitätskrankenhaus. Das Uniklinikum in Dahlem, kennst du das?"

Sie sah nicht so aus, als verstünde sie, was ich da sagte. Sie lag anmutig da, auf den Ellenbogen gestützt, ihr süßes Babyköpfchen mir zugewandt, und guckte mich mit ihren unglaublichen blauen Diamanten an. „Das große Krankenhaus in Dahlem?"

„Dahlem kenne ich", sagte sie schließlich.

„Dann rate mal, was ich studiere!" hielt ich das Thema in Gang.

Sie schien kurz nachzudenken. „Ich weiß nicht."

„Sehe ich aus, als ob ich - Jura studiere? Oder etwa - Biologie? Oder - was?"

Ihr fiel nichts ein. „Jura?"

„Nein."

„*Bioloogia*?"

„Nein, auch nicht Biologie. - Ich studiere Medizin." Sie schaute etwas beeindruckt. „Hier in Deutschland hat das Medizinstudium sechs Jahre, und ich bin im letzten Jahr, das heißt, daß ich den ganzen Tag im Krankenhaus arbeite. Zur Zeit bin ich in der Chirurgie. Daneben arbeite ich noch in einem Labor an meiner

Doktorarbeit." Sie hörte interessiert lächelnd zu.

„Ich habe übrigens letztes Jahr noch mehrere Male bei dir geklingelt...", begann ich ein neues Thema.

Sie schien nachzudenken, und eine offenbar angenehme Erinnerung malte sich in ihr Gesicht. „Ah, das war noch oben in der H.-Straße?"

„Ja, ganz genau... du bist dann umgezogen?"

„Da wurde alles renoviert... das ganze Parkett mußte abgeschliffen werden", seufzte sie. Ihren Augen war anzusehen, was das für eine Arbeit gewesen sein mußte. Aber da hatte sie doch nicht etwa selber mitgemacht? „Das ganze Parkett... überall Staub..."
„Ich hatte mehrere Male bei dir geklingelt, aber du warst nie da", wiederholte ich gekränkt.

Ein verlegenes Grinsen blitzte über ihr Gesicht. „Mm ja, da mußte damals so viel renoviert werden...“, sagte sie mit ernsthafter Miene und ruhiger Stimme, wie eine geübte Schülerin, die ihre Hausaufgaben vergessen hat, „das war solch eine Arbeit... da habe ich das wohl nicht gehört...“.

„Hm.“

„Ich war jetzt ein halbes Jahr weg...“, fing sie auf einmal an.

„In Estland...?“

„Ja, in Estland... und ich habe mir einen Anwalt genommen, weil ich jetzt dauerhaft hierbleiben will.“

„Warum denn? Du brauchst doch kein Visum mehr?“

„Ja, aber das ist nur für Touristen... das gilt für drei Monate. Das kannst du zwei Mal für drei Monate machen, dann kannst du erst wieder in einem halben Jahr kommen.“

„Und zwischen den drei Monaten mußt du kurz zurück nach Estland?", fragte ich, die Antwort erahnend.

Sie nickte, genervt lächelnd über soviel Bürokratie.

„Das ist doch einfach blöd", meinte ich voller Empathie, „Estland ist Aufnahmeland für die Europäische Union..."

„Ja, ja!" nickte sie zustimmend.

„Das ist ja wirklich albern... von wegen gemeinsames Europa... Kannst du denn kein längeres Visum bekommen?"

Ihr kindliches Köpfchen nahm einen bedauernden Ausdruck an. „Vor zwei Jahren, als ich zum ersten Mal hier war, da war mein Visum abgelaufen... und ich bin trotzdem geblieben. Dann war ich bei der Polizei" - hier hob sie Stimme und Augenbrauen, und es war zu spüren, daß dies keine angenehme Erfahrung gewesen sein mußte - „und die haben einen Stempel in meinen Paß gemacht, und ich mußte zurück."

Unweigerlich war ich empört über die uniformierten Polizeibeamten, die sie routiniert in ihr Dienstzimmer verbracht und dort mit vermutlich wenig Feingefühl ausgefragt hatten.

„Hast du jetzt einen neuen Paß?"

„Da ist doch kein Stempel mehr drin, oder?"

„Nein", meinte sie, „aber ich glaube, die haben mich noch in ihrem Computer stehen..."

Ich verzog das Gesicht. „Was soll denn das - Estland ist schließlich Aufnahmeland der Europäischen Union...".

Sie nickte zustimmend. „Ich habe mir jetzt einen Anwalt genommen" - über diesen Schritt schien sie stolz zu sein - „und ich will vor Gericht gehen, damit das gelöscht wird."

Sie gähnte zufrieden. „Ich habe mir auch eine Wohnung gekauft", erzählte sie lässig.

„Hier oder in Estland?"

„In Estland. - Aber jetzt brauche ich das Geld, um sie zu renovieren", fügte sie seufzend hinzu.

Ich sah sie an. Da lag sie tatsächlich vor mir, diese verzauberte Märchen-Prinzessin aus meiner Phantasie. Ich sah in ihre großen schwarzen Pupillen, die im Zur-Seite-Gucken rötlich aufleuchteten wie glühende Sonnen (der Lichtwinkel ließ die Netzhaut reflektieren), umgeben von azurblauen Iriden und weißen Skleren, darüber lange dunkle Wimpern (und ein paar darunter). Sie schaute in meine Augen, und ich mußte bekennen: „Tut mir leid, aber finde alles an dir einfach toll!"

Sie guckte ein bißchen irritiert, aber lächelte.

Ein wenig exaltiert fragte ich sie: „Hast du dir eigentlich mal überlegt, Model zu werden?"

Sie schlug die Augen nieder. - „Nein, ich bin nicht eine Frau, die eine große Karriere macht", murmelte sie bescheiden. Sie kokettierte nicht, sie hielt sich selbst tatsächlich für ein gewöhnlich aussehendes Mädchen, was mich ein wenig traurig machte.

Manchmal verstand sie nicht gleich alles, was ich ihr gesagt habe. Sie lag einfach so, anmutig vor mir da, ohne jede Unsicherheit, auf der Seite, auf den Ellbogen gestützt. Hundertzweiundsiebzig Zentimeter Mensch, eine junge Frau. Der von Liebe träumende Oberschenkel fiel ein wenig vor den Altar ihrer Hüften, zwischen schlankem Brustkorb und langen Schienbeinen. Ein goldenes Albino-Mädchen mit niedlicher Frisur, weißgoldenes Haar und gelbgoldene Haut, eine madonnengleiche Jungfrau, die nur aus sich hingebender Liebe zu bestehen schien, ein wundersames Wesen aus einer fernen nordosteuropäischen Welt. Ihr Babyköpfchen, von den feingesponnenen blonden Haaren umklebt, mit hoher Stirn, spitzem Stupsnäschen, runden Wangen und kleinen Ohren, wandte sie zu mir, und sie sah mich mit den ebenmäßigen Kurven ihrer etwas in der Tiefe liegenden, sanften blauen Augen an, und oft mit einem leichten Lächeln über dem lustigen kleinen Mund. Ihre Art, ihre Bewegung und Stimme wirkten ein bißchen zwanglos-schläfrig, aber freundlich. Zu mir hatte sie Vertrauen, mir wandte sie sich zu, als wären wir uns einfach in ihrer estnischen Welt begegnet.

In einer Hinsicht hatte ich mich allerdings geirrt: sie war keineswegs ungewollt in diese Tätigkeit hineingeschlittert, sondern übte sie bewußt und mit geschäftsmäßiger Routine aus - und das offenbar nicht ohne Erfolg.

Doch warum nur dieser erschreckende Beruf? - ist die Frage des in bürgerlicher Moral Behafteten. Bildhübsch, aber keine Ausbildung - der Grund mochte der verständliche Wunsch eines jungen Mädchens aus unterprivilegierten Verhältnissen sein, auch am Glanz der bunten Welt teilzuhaben. Wie eine dieser unerreichbaren Disco-Schönheiten kam sie mir vor, die den braven Gymnasiasten schon immer zu hoch waren. Die mir viel teenagermäßiger als ich vorkamen - und die vielleicht auch die netteren Mädchen waren. - Sie mochte fühlen, daß sie es von ihrem Aussehen und ihrem Charakter her verdient hatte, all das zu haben, aber nicht die sozialen Möglichkeiten hatte, dies auf bürgerlichem Wege zu erreichen. Und sie wollte all das haben, ohne das traurige Opfer zu sein: so mochte sie die Gefahren dieses Jobs nicht wahrhaben wollen. Es sah allerdings nicht so aus, als ob sie

tatsächlich allein aus einfachen Verhältnissen kam.

Prostitution ist sicher kein einfacher
Job, und bei der Unmenge von Besuchern,
mit der sie bei ihren Qualitäten Tag für
Tag zu tun haben mußte - da konnte sie
unmöglich wahre Liebe empfinden, obwohl
ich das Gefühl hatte, daß sie diese jedem
zu schenken schien. Jeder mußte den Illusion haben, dieses stille, hübsche,
scharfe und zärtliche Mädchen, da ist
wirklich was zwischen uns. Zwar schien
Sex für sie keine irgendwie problemati-
sche Sache zu sein, nichts, womit man
nicht den ganzen Tag verbringen konnte.
In dieser Hinsicht war sie von einer
selbstbewußten, bedenkenlosen Leichtle-
bigkeit. Als Mensch schien sie hinter der
Maske ihres Berufes eher zurückhaltend,
und ein bißchen eigensinnig. Allerdings
hatte sie eine natürliche Freundlichkeit,
wie sie aus einem arglosen Charakter er-

wächst. Es schien ihr Berufsethos zu sein, mit protestantischem Fleiß ihren Job gut zu machen. Doch bei einer solchen Nähe der Begegnung mußte sie ihrerseits auch das überlegene Gefühl haben wollen, von all diesen vielen Männern auch tatsächlich begehrt zu werden, ihr Traum für einen Moment zu sein, und die Bestätigung des nach Vaterliebe süchtigen Mädchens, all diese Verehrer auch tatsächlich zufriedenzustellen - was wohl auch nur zu sehr der Fall war. Sie schien ganz dafür geboren zu sein, von Erscheinung und Verhalten den weiblichen Traum des von allen Männern begehrten Mädchens in vollkommener Weise auszufüllen, sie war das Mädchen, das der ganzen Welt Liebe schenken wollte, und dafür wurde sie mit vielen Sterntalern belohnt.

Doch wie bist Du wirklich? An der Oberfläche bist Du die geduldige Kindergärtnerin für die großen Jungs. Aber welche andere Seite mochte sich hinter dieser immer-freundlichen Fassade befinden? Wieviel Ärger und schlechte Laune durch diesen stressigen Job, mit einer für die Psyche nicht ganz einfachen Konstellation, mochte sie hinter diesem hübschen Gesicht abzuwenden haben, und damit verbunden eine verständlich geringe Toleranz gegenüber Störfaktoren aller Art? Als ich ihr mit richtiger Liebe kam, gab es keine Chance – wie für jeden anderen offenbar auch. Das ist die typisch weibliche Grausamkeit, Konflikte dadurch zu lösen, daß man sie einfach ausblendet: den Kontakt ohne ein Wort abzubrechen und die Empfindungen anderer, insbesondere von Männern, zu ignorieren. Es ist natürlich primär ein Geschäft, und es ist sicher legitim, die eigene Person zu schützen, wo der Kontrakt nur eine Dienstleistung ist, und wo man in ihr das niedliche, hilfsbedürftige Mädchen von nebenan sehen wollte, mußte sie erst recht ihre Unabhängigkeit verteidigen. Doch übertreibe ich, wenn ich in dieser konsequenten Haltung die Unterdrückung einer überreizten Spannung, vielleicht sogar eine emotionslose, eigensinnige Härte sehe? Als Eruption des chronischen Sich-Zusammenreißen-Müssens und -Wollens, zwischen dem Anspruch, den Job gut zu machen, und der emotionalen Bedrohung, die von ihm ausgeht? Wenn nichts an ihr schön sein darf? Wenn niemand sie irgendwohin einladen darf? Wenn die Freier vor Dornröschens Augen ohne jede Barmherzigkeit im Dorngestrüpp verenden müssen?

Sie machte nichts, wozu sie keine Lust hatte, und hatte ihre Seele gegen alle Gefahren der Welt mit einem Panzer aus Eis geschützt – sicher legitim in einem Beruf, in dem sie eine Liebe verkauft, die ihre Person nicht gefährden darf. Ich hatte gleichzeitig das Gefühl, daß sie, obwohl sie sehr sicher in ihrer Rolle wirkte, hintergründig sehr verletzbar war durch alles, was auch nur im Entferntesten nach geringem Respekt oder auch Zweifel aussah. Eine Prostituierte ist leicht von Kritik bedroht, ein solches Mädchen ist aber auch ein Mensch, mit berechtigtem Anspruch auf Persönlichkeit und Achtung. Doch war diese Schutz-Hülle wirklich nur die *Folge* ihres Berufes? Bei dem, was über ihre Mutter zu erfahren war, stellt man sich ein fragliches Vorbild vor, in Kombination mit einem vermutlich fehlenden Vater - der ideale Nährboden zu einer haltlosen weiblichen Persönlichkeit. Waren estnische Trotzigkeit, stolze Unabhängigkeit und selbstverständliches Anbandeln mit wahllosen Männern womöglich die viel früher entstandene Reaktion auf enttäuschte Sensibilität? Wo einmal die Not des vernachlässigten Kindes war, hat sich jetzt eine gleichgültige Sicherheit im Umgang mit Menschen gebildet? Wo Bindungen ohnehin wertlos sind, da kann ein hübsches Mädchen ja problemlos allen möglichen Männern kleine Gefälligkeiten erweisen, wenn diese sich darüber so freuen, und bereit sind, dafür so viel Geld zu bezahlen? Dem Fremden wird mit distanzlosester Liebe begegnet, und in der Kalkulierbarkeit des souverän beherrschten, dreißigminütigen Kontaktes liegt eine befriedigende Sicherheit. - Aber solche Haltlosigkeit ist natürlich direktes Gegenstück zur Bindungsscheu der „Besucher".

Doch darum bist Du in Wahrheit genauso unerreichbar, wie Du scheinbar für jeden zu haben bist. Das, was jetzt vielleicht noch möglich erscheint, so ahne ich, wird sich als unmöglich erweisen, sobald es in drohende Nähe zur Verwirklichung gelangt, und nach Entscheidung zur Wahrheit verlangt. Auch wenn ich jederzeit versuchen wollte, alles zu kompensieren. Meine dumme kleine Lisa, wie ein bildschönes

Stofftierchen, mal überglücklich, schüchtern-verwegen, liebevoll und verspielt, dann wieder starrsinnig, leicht verletzbar, unnahbar und seltsam eisherzig – und einzelgängerisch? Nichts wird Dich so leicht erschüttern können, weil Du es nicht an Dich heranläßt. Doch ich bin froh, daß Du so bist, auch wenn es für mich selber traurig ist - aber Du wirst so in Deiner Welt nicht zugrunde gehen.

Ich guckte sie wieder und wieder an, sie, die ich auf so wundersame Weise wiedergefunden hatte. Ich redete auf vielfache Weise mit ihr, aufmunternd, empathisch, bewundernd, neckend, besorgt; wie mit einem Kind, wie mit einer Freundin, wie mit einer Prinzessin, wie mit einer Patientin. Ich wollte nichts unversucht lassen. Daß ich ein erfolgversprechender Mediziner war, machte mich in ihren Augen vielleicht attraktiv, aber: ich glaube nicht,

daß sie jemanden suchte, zumindest nicht
für das, was ich von ihr wollte.

Mutter, Kind, Wohnung - ob Wahrheit oder
ob Traumgebilde vor ihrem Ich. Sie merkte, daß ich in sie verliebt war, sie fand
mich ebenfalls sympathisch, und da war
wirklich etwas Besonderes zwischen uns;
sie war neugierig, wen sie da vor sich
hatte, aber sie schien nicht richtig in
mich verliebt, und sie mußte auch nicht
gerettet werden. Vielleicht war ich nicht
gleich ihr Typ, könnte man denken - andererseits ist Zuneigung bei Mädchen oft
eine Frage der Ausdauer, mit der man sie
umwirbt: als Rapunzel sah, daß der Kö-
nigssohn sie wieder und wieder besuchte,
da sagte sie sich, dieser Prinz wird mich
wirklich liebhaben, also werde ich meine
Hand in die seine legen. Die Sache mit
der Liebe und dem Geschenk fand sie wohl
ganz süß - aber ich wußte: sie war *nicht*
in mich verliebt. Vielleicht, weil sie

nicht verliebt sein wollte, vielleicht, weil sie es nicht konnte; vielleicht, weil sie dies in ihrer Lage auch nicht sein durfte. Ich glaube nicht, daß sie wollte, daß ich noch mal auf *diese* Weise wiederkomme - weil sie wußte, daß sie mich irgendwann verletzen müßte.

Ich sah hinüber zu dem Bord mit den Parfümfläschchen. Alles Geschenke? Mein Blick fing sich an einem großen Flakon, der wie *Chanel No. 5* aussah. „Die Flasche da in der Mitte, ist das *Chanel No. 5*?"

„Nein... welche meinst du?"

„Die große da in der Mitte..."

Sie stand auf, ging zum Bord, und zeigte auf den Flakon. „Diese?"

„Ja."

„Nein, das ist nicht *Chanel No. 5*. Das ist...", und sie sagte einen längeren Namen, den ich vergaß.

„Wie alt bist du eigentlich? Beim letzten Mal dachte ich, du bist höchstens 17 oder 18."

„Nein, ich bin 19." Auch nicht gerade besonders alt, dachte ich.

„Wieso kannst du eigentlich so gut Deutsch?"

„Ich habe es gelernt, als ich hierhin kam."

„Du konntest nicht schon in Estland Deutsch?"

„Nein, nein. Ich habe es erst hier gelernt. - Man kann auf der Schule Deutsch lernen, aber das habe ich nicht getan. Du kannst Englisch oder Deutsch wählen..."

„Okay, da hätte ich wahrscheinlich auch Englisch gewählt", lachte ich, da diese Sprache die *lingua latina* unserer Tage ist; sie guckte mich aber etwas überrascht an, so als hätte sie erwartet, daß ich ganz selbstverständlich Deutsch den Vorzug gegeben hätte.

Ich wollte das Gespräch nicht abreißen lassen. „Worin unterscheiden sich Estland und Deutschland?", gab ich ihr ein neues Thema vor.

„Es ist da genauso wie hier!" antwortete sie prompt und mit Nachdruck, und es schien, als reagierte sie auf das Vorurteil, Estland sei ein vorsintflutliches Land im Armenhaus Europas.

Ich nickte bestätigend, mittlerweile wohlwissend, daß Estland eines der am besten entwickelten Länder Osteuropas ist.

„Aber irgendwas muß doch anders sein", meinte ich lächelnd.

Sie grinste: „Na ja, vielleicht die Sprache - hier Deutsch und da Estnisch...""

„Ist in Estland das Wetter so wie hier?"

„Es ist ähnlich wie hier. Der Sommer ist so wie hier. Der Winter ist kälter, ziemlich kalt. Sehr viel Schnee."

„Sind die Esten nicht mit den Finnen verwandt?" Sie sah mich fragend an. „Ist

171

Estnisch und Finnisch nicht fast dasselbe? Ich habe gehört, daß wenn ein Finne spricht, ein Este ihn versteht, und umgekehrt. Wenn ein Finne spricht, kannst du das nicht auch verstehen?"

Das Thema gefiel ihr nicht. „Man kann es verstehen", antwortete sie knapp.

„Gehst du eigentlich manchmal herum hier in Berlin, machst du Spaziergänge?"

„Ja, das habe ich früher viel gemacht, abends", antwortete sie.

„Ist es auf den Straßen hier wie in Estland?" Sie dachte nach. „Hier sind kaum Leute auf den Straßen, nicht wahr?" fragte ich sie.

„Ja", bestätigte sie. „Aber dafür gibt es hier viel mehr - Straßenfeste", meinte sie etwas unsicher beim Finden der richtigen Worte. „Besonders auf dieser einen Straße... da unten...". Ich guckte sie fragend an, grübelte, welche Straße sie damit meinte.

Doch dann seufzte sie, und fügte mit melancholischem Lächeln hinzu: „Aber jetzt gehe ich kaum noch heraus, jetzt bleibe ich meistens hier...“, und sie sank ein bißchen tiefer in ihren Ellbogen, und ihr träumerischer Blick bettete sich arglos in Jesu Arme. - So ließ sie sich treiben, wie eine hübsche Muschel am Meer, ein müdes Kind, ein Vogel in der Luft; und ich glaube, sie müssen sich keine Sorgen machen, denn Gott hat versprochen, sie nicht verhungern zu lassen.

Ich wollte sie wieder auf etwas Lustiges bringen. Wie in der Kinderklinik fragte ich aufmunternd: „Hast du Hobbies? Treibst du irgendwelche Sportarten?“ - sie mußte einen Augenblick fast kichern, und schien protestieren zu wollen. „Zum Beispiel Tennis oder Schwimmen, gehst du in einen Fitness-Club?“

„Ich habe früher in der Schule *Volleyball* gespielt.“ *Volleyball* sagte sie mit englischer Aussprache. Das konnte man sich gut bei ihr vorstellen, daß sie früher Volleyball gespielt hatte, so schlank und sportlich wie sie wirkte: ein solcher Sport paßte zu ihr. Ich sah sie vor mir in ihrer Schulmannschaft.

„Oh, Volleyball..." meinte ich bewundernd.

„Ja..." murmelte sie wieder ein bißchen genervt, wie bei jedem Kompliment.

Dann sammelte sie sich, ihre Augen verdunkelten sich etwas, und sie sagte mit ernsthafter Miene: „Es ist sehr schade, aber du kannst jetzt leider nicht mehr bleiben."

„Ja, okay." Ich erhob mich, ging zu dem Stuhl, und zog mich an.

Sie stand auch auf, und sie schien mich mit leichter Anspannung anzusehen. War ich schon zu lange bei ihr? Es mochte eine gute Stunde sein.

„Du hast also einen Freund", sinnierte ich nochmal bedauernd, als wollte ich sichergehen, daß hier kein Irrtum vorlag. Irgendetwas in ihren Augen schien angestrengt. Warum? Durfte ihr die Situation nicht entgleiten?

„Es ist sehr heiß draußen, oder? Warst du schon schwimmen?" fragte sie plötzlich. Sie hatte wohl den ganzen Tag in der Wohnung verbracht.

„Nein, ich habe bis siebzehn Uhr im OP gearbeitet, und dann bin ich hierhin gekommen", verneinte ich. Sie guckte wieder ein wenig irritiert. „Ich habe bis eben in der Chirurgie des Virchow-Klinikums gearbeitet. In der Chirurgie, im OP, verstehst du?"

Sie wirkte etwas seltsam, wie neben sich stehend, wegen des Endes der Begegnung? Sie nickte. „Meine Tante arbeitet auch im OP."

Das überraschte mich. Ich verzog anerkennend das Gesicht. Dann wohl als

Krankenschwester, dachte ich. „Sie arbeitet im OP?"

„Ja." Ich hatte den Eindruck, daß ich ihr in ihren Augen nicht ganz Glauben zu schenken schien. Aber Chirurgie schien ihr nichts Unbekanntes zu sein. Deshalb vielleicht auch nichts Beeindruckendes – aber etwas Sympathisches?

Sie guckte mich in meinen Sachen an. Ein strahlendweißes Hemd, die silbergraue, elegant geschnittene Hose, schwarze Schuhe noch aus London. Sie schien meine Kleider zu mögen, wirkte sogar auf einmal beeindruckt - aber auch ernsthaft, angespannt. Ich nahm den Brief, der zuunterst auf dem Stuhl lag, wieder an mich. Sie bemerkte ihn irritiert.

Wir gingen zur Eingangstür, ich voran. Sie hatte sich den BH wieder angezogen und ein Handtuch um die Hüften geschlagen. Ein angenehmes, noch sonniges Licht lag über den Räumen. Ich klopfte im Vorbeigehen leicht auf die Holzvertäfelung.

„Sieht aus wie in der Sauna!"

„Ja..." antwortete sie nervös.

Im Eingangsraum guckte ich sie fragend an.

„Also dann, tschüß", sagte ich. Seitlich streiften unsere Arme uns, wie zu einem In-den-Arm-Nehmen, doch halbherzig, unsicher, unschlüssig, keine qualvolle Nähe aufbauend, die den Gedanken an das als unmöglich Erkannte nur unnötig verlängert hätte. Sie berührte zu einem kleinen Kuß auf meine Wange; meine Hand streifte kurz ihre Hüfte.

Sie öffnete die Tür, und sah mich an. „Mach's gut", sagte sie leise, der Worte gewiß.

„Tschüß", formten meine Lippen nochmals, im Herausgehen, bedauernd, die Trennung noch einmal aufhalten-wollend.

Ich ging die Stufen hinauf, die Tür schloß sich hinter mir. Die Straße war noch recht hell, und menschenleer.

cassianvonneman@aol.com